M. Bidault

Notice historique et bibliographique

Sur la collection et les tables du Moniteur

M. Bidault

Notice historique et bibliographique

Sur la collection et les tables du Moniteur

Réimpression inchangée de l'édition originale de 1838.

1ère édition 2024 | ISBN: 978-3-38509-264-8

Verlag (Éditeur): Outlook Verlag GmbH, Zeilweg 44, 60439 Frankfurt, Deutschland
Vertretungsberechtigt (Représentant autorisé): E. Roepke, Zeilweg 44, 60439 Frankfurt, Deutschland
Druck (Imprimerie): Libri Plureos GmbH, Friedensallee 273, 22763 Hamburg, Deutschland

NOTICE

HISTORIQUE ET BIBLIOGRAPHIQUE

SUR LA COLLECTION ET LES TABLES

DU MONITEUR,

Depuis son origine jusqu'à ce jour.

NOTICE

HISTORIQUE ET BIBLIOGRAPHIQUE

Sur la Collection et les Tables

DU MONITEUR,

DEPUIS SON ORIGINE JUSQU'A CE JOUR,

Accompagnée d'un TABLEAU chronologique pour la vérification des Collections générales ou partielles des Numéros et de leurs Suppléments. Ouvrage indispensable aux Abonnés qui font Collection, et spécialement aux Bibliothécaires, Libraires et Relieurs, ainsi qu'à toute Personne qui veut faire l'acquisition du MONITEUR, ou le consulter facilement et avec fruit;

PAR M. BIDAULT, ANCIEN DIRECTEUR DU MONITEUR.

Prix : 10 francs.

PARIS,

MADAME VEUVE AGASSE,

PROPRIÉTAIRE DU MONITEUR, RUE DES POITEVINS, 6.

1838.

DE L'IMPRIMERIE DE KLEFER, A VERSAILLES,

AVENUE DE PICARDIE, 11.

NOTICE

HISTORIQUE ET BIBLIOGRAPHIQUE

SUR LA

COLLECTION ET LES TABLES

DU MONITEUR,

DEPUIS SON ORIGINE JUSQU'A CE JOUR.

───◉◉◉───

LE *Moniteur universel* a commencé à paraître, jour par jour, le 24 novembre 1789, plusieurs mois après l'ouverture des états-généraux.

Le plan en fut conçu par M. Charles *Panckoucke*, d'honorable mémoire, l'un des hommes qui donnèrent le plus d'essor au commerce de la librairie, par ses grandes entreprises, notamment par celles des *OEuvres complètes de Buffon*, et de l'*Encyclopédie méthodique par ordre de matières*.

Après sa mort, ce journal est passé entre les mains de M. Henri *Agasse*, son gendre, et est actuellement dans celles de Mme veuve *Agasse*, en sorte que la propriété n'est jamais sortie de la famille de son fondateur.

Accueilli favorablement dès sa naissance, *le Moniteur* est le seul de tous les journaux qui ait traversé, sans la moindre interruption, sous le même format et le même titre, la longue période de temps qui s'est écoulée depuis son origine jusqu'à ce jour.

Il a dû principalement cet avantage au système constamment suivi par ses rédacteurs, et consistant à se renfermer scrupuleusement dans les bornes de la seule liberté dont ils avaient besoin, celle de publier les faits avérés et les actes portant avec eux la garantie de leur authenticité. Aussi, tous les gouvernements qui se sont succédés en France s'en sont-ils servi, comme d'un moyen utile de publicité; aucun n'en a conçu d'alarmes; toutes les Autorités l'ont choisi pour le dépositaire de leurs Actes; tous les Orateurs y ont consigné leurs opinions.

On y trouve le texte des Actes Officiels de notre Gouvernement, la traduction fidèle de ceux des Gouvernements étrangers, les Discussions les plus circonstanciées des Assemblées politiques, les Relations les plus détaillées des Opérations militaires, les Rapports des Sociétés savantes de l'Europe, sur le progrès des Sciences et des Arts, les Découvertes de l'Industrie, l'Indication des nouvelles routes offertes au commerce, l'Analyse des Ouvrages importants de Science et de Littérature, ainsi que des principales Pièces de théâtre; enfin, une multitude d'objets, intéressant l'Administration et les Particuliers; ce qui fait de ce journal, ainsi que l'a dit un publiciste, *une Encyclopédie contemporaine, politique et historique.*

Les efforts que l'on a tentés constamment pour lui conserver ce caractère, l'impartialité et l'exactitude de sa rédaction, lui ont valu le privilége d'être recueilli dans un grand nombre de bibliothèques publiques et particulières, pour y former collection.

Le Moniteur acquérant de plus en plus une honorable consistance, on conçut le projet de rattacher son origine à celle même de la révolution, afin d'en former un corps d'ouvrage qui datât d'une époque précise et remarquable.

On réalisa ce projet en l'an 4, en publiant une *Introduction au Moniteur,* imprimée dans le même format. Cet ouvrage important commence par un abrégé historique des premières formes du gouvernement de la France, de ses anciennes assemblées politiques, de ses états-généraux, des assemblées des notables de 1787 et 1788; il est accompagné d'une notice des écrits politiques les plus influents qui ont précédé la révolution, de la liste alphabétique des députés de l'assemblée constituante, divisée par ordres du clergé, de la noblesse et du tiers-état, et il se termine par un recueil de *Pièces justificatives*, contenant les procès-verbaux des séances des électeurs de Paris et autres actes relatifs aux événements des 13 et 14 juillet, 5 et 6 octobre 1789.

Les trente-huit premiers numéros du *Moniteur* qui avaient paru depuis le 24 novembre 1789 jusqu'à la fin de l'année, ne contenaient qu'une simple notice des séances des états-généraux et de l'assemblée constituante, d'une très-courte étendue, souvent très-imparfaite. On les a réimprimés dans l'*Introduction*, avec des changements de rédaction, et sous la forme dramatique adoptée en 1790, pour les séances, en sorte qu'il faut regarder comme inutiles les numéros de la première édition.

L'*Introduction* contient donc, indépendamment des objets que l'on vient d'énumérer, toute l'année 1789, à partir du premier numéro portant la date du 5 mai, première séance de l'assemblée constituante, jusqu'au numéro 131, date du 31 décembre.

Les exemplaires de cet ouvrage sont devenus très-rares (1).

Il ne suffisait point d'avoir donné au *Moniteur* une origine historique, importante par sa date et les événements qui l'ont suivie; il restait à atteindre un but plus essentiel encore, c'était d'offrir au public et aux souscripteurs, le moyen de se reconnaître dans la collection déjà volumineuse de ce journal, afin d'en tirer toute l'utilité qu'on pouvait en attendre. En effet, plus les années se multipliaient, plus on ressentait la nécessité d'en conserver religieusement les feuilles, plus on éprouvait le besoin de les consulter, pour y faire une infinité de recherches précieuses et importantes, mais plus aussi ces recherches devenaient longues et difficiles, quelquefois même impossibles au milieu d'un si vaste recueil.

Une Table des matières était donc devenue d'une nécessité indispensable.

Dix années s'étaient écoulées depuis l'origine du *Moniteur* jusqu'à la fin de l'an 7 (22 septembre 1799). Cette période renfermait les événements d'une première époque, remar-

---

(1) Le prix de l'exemplaire est de 250 francs.

quable et distincte, dans l'histoire de la révolution fran‑
çaise.

On s'occupa d'abord de dresser les Tables de cette époque.
Les livraisons en parurent successivement dans les années 9
et 10, sous le titre de *Révolution française*, ou *Analyse com‑
plète et impartiale du Moniteur, suivie d'une Table alphabétique
des personnes et des choses*. Paris, *Girardin*.

Les Tables de ces dix premières années sont divisées en
deux parties, *chronologique* et *alphabétique*, composées cha‑
cune de deux volumes, même format que le *Moniteur*.

La partie *chronologique* est l'analyse du *Moniteur*, jour par
jour, et numéro par numéro.

Le premier volume commencé à l'*Introduction*, et finit
avec l'an 3 de la république.

Le second commence à l'an 4 et finit avec l'an 7.

La partie *alphabétique*, qui fait la Table proprement dite,
est divisée en trois classes. Celle des *personnes* ou *noms
d'hommes*, qui est la plus considérable, forme le premier vo‑
lume. Celle des noms de *lieux* ou de *pays*, et celle des *choses*
ou *titres* de matières forment le second volume.

Les deux volumes de chacune de ces parties *chronologique*
et *alphabétique* se relient ordinairement en un seul.

La partie *chronologique*, ou l'*analyse*, n'étant pas aussi
essentielle que la partie *alphabétique*, il existe des collections
du *Moniteur* dans lesquelles on s'est borné à placer cette
dernière Table, comme la plus utile et la plus précieuse.

Il ne reste de ces deux parties qu'un très-petit nombre
d'exemplaires (1).

L'éditeur *Girardin* avait cru devoir faire en même temps,
pour ces premières Tables, concurremment avec l'édition *in‑
folio*, une autre édition in‑4° en 7 vol., qui n'a pas eu le
même succès, à cause de son format différent de celui du
Moniteur. On doit prévenir ici que des Libraires, entre les
mains desquels le reste de cette édition a passé, afin de s'en
procurer la vente, en ont annoncé les exemplaires à bas prix

_____

(1) Prix des 4 vol. 140 fr. Prix des 2 vol. de Table sans l'ana‑
lyse, 60 fr

dans plusieurs catalogues, sous le titre d'*Analyse complète et impartiale, etc.*, sans préciser l'époque où finit cet ouvrage, de manière que l'on peut s'imaginer, en en faisant l'acquisition, avoir l'analyse entière du *Moniteur*. Il est au contraire certain qu'il n'a été et ne sera donné aucune suite à ce format pour les Tables dont il va être question, en sorte que cette édition *in-4°* sera toujours incomplète, et ne mérite aucune attention.

Un avis placé en tête du premier volume *in-folio* de l'*Analyse*, annonce que l'on peut joindre, si l'on veut, à cet ouvrage, soixante portraits du même format, par les meilleurs artistes, représentant les personnages les plus célèbres de la Révolution, avec une gravure ou vignette dont le sujet a été composé et gravé par *Duplessis Bertaux*, et une notice historique de leur vie.

Quelques personnes ont joint effectivement ces portraits à leur Collection du *Moniteur*, et les ont placés dans le volume de Tables des *Noms d'Hommes*, à leur lettre alphabétique.

Pendant un long intervalle, la gravité et la rapidité des événements ne permirent pas de s'occuper de la suite des premières Tables.

Mais en 1816, la France et l'Europe étant rendues à la tranquillité, on songea à reprendre ce travail essentiel.

Deux époques importantes restaient à traiter : 1° celle de l'*Histoire du Consulat et de l'Empire, sous Napoléon Bonaparte;* et 2° celle de *la Restauration des Bourbons et de la Monarchie.*

Afin de faire jouir le public et les abonnés de la Collection complète des Tables du *Moniteur*, en les mettant entièrement à jour, on résolut de faire marcher concurremment le travail de ces deux époques.

Le projet avait été d'abord d'en faire la rédaction année par année. De plus mûres réflexions y firent renoncer pour l'arriéré. Il en serait résulté un trop grand nombre de volumes et des frais trop dispendieux pour les souscripteurs.

La raison n'était pas la même pour les Tables des années de la Restauration; il était utile d'en faire jouir le public le plus promptement possible. En conséquence, on commença par publier, en 1817, une Table particulière pour l'année 1816 qui venait de s'écouler; on fit de même successivement

pour les années 1817 et 1815, ainsi que pour les années suivantes. La publication de ces *Tables annuelles* a eu lieu ré-
gulièrement dans les trois premiers mois de chaque année,
et se continue ainsi avec exactitude.

Quant à l'arriéré, c'est-à-dire pour l'intervalle des seize
années qui s'étaient écoulées depuis le 1er vendémiaire an 8,
où s'étaient arrêté les premières Tables, jusques et y compris
1814, on préféra ne faire qu'une seule et même Table générale, embrassant à la fois cette seconde époque.

Il eût été à désirer que l'on eût pu prendre pour point
d'arrêt le 1er avril 1814, comme l'époque précise de la Restauration, mais l'on ne se serait point trouvé d'accord avec
la division des volumes du *Moniteur*, qui se relient par semestre, et qui, dans ce cas, auraient appartenu à deux Tables différentes. On a donc aimé mieux s'en tenir à la Révolution complète des deux années 1814 et 1815, afin surtout
de ne point compliquer les recherches.

Le travail de l'arriéré fut en même temps suivi avec acti-
vité, et publié par livraisons. La première parut en 1820, et
les autres se sont succédées très-rapidement jusqu'à la on-
zième et dernière, qui a terminé l'ouvrage.

Ces onze livraisons ont été réunies en deux volumes bro-
chés, qui se relient également en un seul, et forment ainsi la
seconde série des Tables du *Moniteur*, dites du Consulat et
de l'Empire.

Le plan qui a été suivi pour la rédaction de ces Tables est
le même que pour les *Tables annuelles* de la *troisième série*,
c'est-à-dire celles de la *Restauration*; mais il est différent de
celui des premières Tables. L'expérience et les observations
faites à l'éditeur ont donné lieu d'y apporter les changements et améliorations qui suivent :

1° Elles ne renferment point, comme les premières, l'analyse du *Moniteur* de chaque jour : ce travail a été jugé sura-
bondant. En effet, en consultant la Table alphabétique, soit
au nom, au lieu ou à la chose, on a recours à la page du
journal indiquée, laquelle en apprend alors plus qu'une analyse. On a remplacé cette Analyse par une Table chronologique, que l'on a jugée beaucoup plus utile. Cette Table
offre, suivant l'ordre des dates, le titre analytique des *Lois,
Ordonnances, Édits, Décrets, Lettres-Patentes, Traités, Conven-*

tions, *Pièces* et *Documents* importants insérés dans le *Moniteur*, avec le renvoi à la page qui en contient le texte ou la traduction.

2° Cette Notice analytique est suivie d'un Tableau chronologique qui n'existe point dans les premières Tables de *Girardin*, renfermant l'*analyse* des travaux des assemblées législatives, ce qui présente, dans un seul cadre, des renseignements certains sur les objets dont les chambres des Pairs et des Députés, ainsi que les corps délibérants qui les ont précédés se sont occupés chaque année, et l'indication des pages du *Moniteur* où ces objets ont été traités.

Ces deux Tableaux ou Notices chronologiques sont placés avant la Table alphabétique, dans les Tables du *Consulat et de l'Empire*, ainsi que dans les Tables annuelles de *la Restauration*.

3° Au lieu des trois classes alphabétiques de noms d'*Hommes*, de *Pays* et de *Matières* existantes dans les premières Tables, on a réuni, dans un seul ordre, ces trois rapports principaux sous lesquels un fait se présente à l'imagination, en sorte que le lecteur n'a pas besoin de consulter trois alphabets différents; il trouve, dans un seul, l'objet de ses recherches, et s'épargne ainsi une grande perte de temps.

4° Enfin, au lieu des numéros du *Moniteur* que les premières Tables se contentaient d'indiquer, les suivantes, c'est-à-dire celles des deux autres séries, indiquent la page même du journal, ce qui dispense le lecteur de chercher, dans le numéro entier et ses suppléments, l'objet qui l'occupe : il faut seulement remarquer que chaque numéro du *Moniteur* n'a point de chiffre indiquant sa première page; mais le lecteur doit faire attention que le chiffre de cette page est indiqué suffisamment par celui de la quatrième page du numéro précédent ou de son supplément. Ainsi, par exemple, le 31 janvier finit à la page 124; la page suivante, du 1ᵉʳ février, n'est point indiquée, mais elle est nécessairement 125, et la seconde page du même jour, qui est indiquée, est 126.

On est entré ici dans tous ces détails, qui paraissent au premier abord minutieux, parce qu'on a voulu que le lecteur, ou celui qui veut faire des recherches dans le *Moniteur* et dans ses Tables, ne fût arrêté ni embarrassé par aucun doute, et que l'usage lui en devînt facile.

Les *Tables annuelles de la Restauration* exigent encore une explication indispensable.

Arrivé à l'année 1824, on a pensé qu'il était infiniment utile de réunir les Tables particulières de chaque année, publiées jusque-là depuis 1815, en un seul corps d'ouvrage, sous le titre de *Tables décennales de la Restauration* (1).

Avant cette réunion décennale, quelques souscripteurs avaient cru devoir faire relier chacune des *Tables annuelles* avec le dernier semestre de l'année correspondante.

Il eût mieux valu conserver les *Tables annuelles*, à partir de 1825 jusqu'à la fin de 1834, pour en former une seconde série décennale, et en faire un seul et même volume, plus commode à consulter.

L'éditeur, toujours animé du désir de compléter de plus en plus la collection du *Moniteur*, avait reconnu qu'il existait dans l'année 1815, si fertile en événements, deux lacunes très-importantes occasionées par les circonstances ; il s'est fait un devoir de les remplir.

La première était relative à la dernière séance des deux Chambres, pendant les cent jours, dont l'entrée des Alliés à Paris le 8 juillet, n'avait pas permis de rendre compte. On y a remédié, en publiant avec la Table de 1815, un supplément de quatre pages qui se rattache au numéro du 7 juillet, et qui peut être facilement replacé à cette date par le relieur, dans le *Moniteur* de l'année. Les personnes qui feront l'acquisition d'une collection, ou celles qui voudront vérifier celle qu'elles possèdent, s'assureront si ce supplément se trouve à sa place, ou s'il n'a pas été détaché de la Table de 1815, avec laquelle il a été donné.

La seconde lacune, plus essentielle encore, était celle du séjour à Gand de S. M. Louis XVIII pendant l'interrègne des cent jours. On n'a pas cru pouvoir mieux faire que de réimprimer textuellement et dans le même format que *le Moniteur*, les vingt numéros du *Journal universel* (2), publiés alors dans cette ville sous les auspices des ministres de Sa Majesté,

---

(1) Prix des Tables de 1815 à 1824, 90 francs.
(2) Prix, 10 francs.

qui ont consigné dans cette feuille les actes publics et importants émanés de l'autorité royale.

Cette réimpression est accompagnée d'un Avertissement et d'une Table des matières. Le tout forme un petit volume *in-folio* qui doit être placé en tête ou à la suite de la Table de 1815, comme appendice indispensable, ou à la fin du premier semestre de 1815, si l'année n'est point encore reliée. On peut en faire encore, si on le préfère, un volume séparé.

RÉSUMÉ.

Le Moniteur commence au 5 mai 1789, qui fait le premier N° dont la série se continue et se termine au N° 131, 31 décembre de la même année.

Il est précédé d'une *Introduction,* et suivi, après le N° 131, de plusieurs feuilles indiquées par une réclame, au bas de ce N°, sous le titre de *Pièces justificatives.*

Cette *Introduction,* telle qu'elle se comporte, forme le premier volume de la collection du *Moniteur.*

Les années suivantes depuis 1790 se divisent par semestre, et forment par conséquent deux volumes.

Il faut remarquer que les changements de calendrier, en 1793 et en l'an 14, ont occasioné un défaut d'uniformité dans la division et la reliure des volumes. Des collections ont été reliées plus ou moins exactement, suivant le calendrier grégorien ; d'autres, et c'est le plus grand nombre, l'ont été suivant les indications de style du *Moniteur* même. Ainsi, les personnes qui ont adopté ce dernier mode ont fait relier les volumes du premier semestre de 1793, en y joignant les numéros suivants jusqu'au 22 septembre 1793, où l'an 2 du style républicain a commencé ; ou bien ils ont formé de ces derniers numéros un volume séparé ; on a fait de même pour le dernier semestre de l'an 13 et les cent jours de l'an 14, qui se terminent au 10 nivôse ; après quoi le calendrier grégorien reprend au 1er janvier 1806, et il n'existe plus alors de différence.

Afin de reconnaître les variations qui existent dans les collections, et de s'assurer s'il n'y manque rien, le Tableau de vérification qui va suivre offre l'indication des feuilles supplémentaires, de leur nombre, et de la rectification de leurs fautes.

Les Tables du *Moniteur* se divisent, comme on l'a dit, en trois Séries, ou époques principales, qui offrent chacune un caractère distinct et remarquable.

La *première Série* contient l'histoire de la Révolution française proprement dite, depuis son origine jusqu'à la fin de l'an 7. Elle est composée de 4 volumes, deux d'Analyse et deux de Table alphabétique.

La *seconde Série* renferme l'histoire du *Consulat et de l'Empire* de Napoléon Bonaparte, depuis l'an 8 jusqu'à la fin de 1814; elle est composée de 2 volumes.

La *troisième Série* commence à l'année 1815 de la Restauration; et depuis cette époque chaque année a sa Table particulière et séparée.

Chaque période de dix années forme une série décennale dont on réunit les Tables en un seul volume. La première période se termine à l'année 1824, et la seconde commence à 1825 pour finir en 1834.

La Collection complète des Tables du *Moniteur* depuis son origine jusqu'à ce jour forme un Répertoire complet, exact et méthodique, utile non-seulement aux personnes qui possèdent cette collection, mais aussi à tous ceux qui, sans en avoir aucune partie, ont la curiosité ou le besoin d'y faire toutes sortes de recherches.

Le prix de la Collection complète des Tables jusques et y compris 1834, est de 410 fr., et 330 fr. sans l'*Analyse* de la première série, qui n'est pas indispensable.

Le prix de chaque Table depuis 1830 est de 10 fr. par année, et de 8 fr, en souscrivant pour l'année courante.

Quant aux prix de la Collection générale ou partielle du *Moniteur*, on ne peut l'indiquer ici d'une manière précise, parce que cela dépend du nombre et de l'ancienneté des années, ainsi que du plus ou moins de conservation de l'exemplaire et de la reliure.

*TABLEAU chronologique pour la vérification des
Collections générales ou partielles des Numéros
du* MONITEUR, *et de leurs Suppléments.*

OBSERVATIONS PRÉLIMINAIRES.

La promptitude avec laquelle s'imprime un journal, a occasioné dans le *Moniteur* un certain nombre d'erreurs iné-
vitables, soit dans les dates des jours, des mois, des années,
soit dans la série des numéros. Il existe encore des erreurs
plus fréquentes et plus difficiles à reconnaître dans les nom-
breux suppléments que l'abondance des matières a forcé de
donner. En effet, il est beaucoup de ces suppléments dont on
ne prévoyait pas la nécessité le jour même que la feuille a
paru, et qui par conséquent n'ont pu être et ne sont pas in-
diqués dans cette feuille par des réclames; d'autres ont une
pagination fautive et inexacte; quelquefois le journal n'a
qu'une demi-feuille, et le supplément est composé d'une
feuille entière; souvent aussi les suppléments sont composés
d'un plus ou moins grand nombre de feuilles, comme par
exemple, en l'année 1811, au numéro du 11 juillet, où il y
a soixante-onze feuilles de suppléments. De plus, beaucoup
d'abonnés n'ont pas conservé les suppléments avec le même
soin que la feuille même; leur relieur a négligé de leur
en faire la remarque, ou souvent a omis lui-même de les
placer, ou les a mal casés, ce que l'expérience a donné lieu
de reconnaître. Toutes ces circonstances ont concouru à rendre un grand nombre de collections du *Moniteur* beaucoup
moins complètes qu'elles ne devraient l'être.

C'est pour aider à découvrir toutes les erreurs, méprises,
transpositions ou omissions, que l'on a jugé nécessaire de
dresser ce tableau et de le rendre public. En le consultant,
on s'assurera si les collections générales ou partielles que
l'on possède ou que l'on veut acquérir sont ou non parfaite-
ment complètes.

La première colonne du *Tableau* indique les numéros du
Moniteur, qui contiennent un ou plusieurs suppléments,
ainsi que ceux susceptibles de quelques observations.

La seconde et la troisième, les dates correspondantes des calendriers grégorien et républicain, pour les numéros qui ont besoin de cette indication.

La quatrième, la quantité des suppléments attachés à chaque numéro.

La cinquième, les folios ou pages des suppléments, lorsqu'ils en ont.

Enfin, la sixième, intitulée *Observations*, les titres ou le premier mot de ces suppléments, lorsqu'ils ne portent ni numéro, ni date, ni folio.

La même colonne indique ceux des suppléments qui ne renferment que des avis ou catalogues, et qui, comme tels, peuvent être négligés; et enfin, les fautes d'impression, commises dans la désignation des numéros et des dates, soit du *Moniteur*, soit des suppléments. Il faut observer que souvent ces fautes n'existent pas dans tous les exemplaires, parce qu'on s'en est aperçu dans le cours du tirage, et qu'elles ont été corrigées avant qu'il ait été entièrement achevé, en sorte qu'il doit se trouver nécessairement des collections où ces fautes n'existent point, parce qu'elles ont des numéros corrigés.

L'intelligence du lecteur suppléera facilement pour les autres objets sur lesquels nous n'avons pas jugé nécessaire de donner d'explication.

———

Le volume de l'Introduction se compose:

1°. Titre et Avant-Propos, 3 feuilles;

2°. Introduction, 67 feuilles et demie;

3°. N°ˢ du *Moniteur* du 5 mai au 31 décembre 1789, 133 feuilles, y compris deux feuilles de supplément au 5 mai;

4°. Pièces justificatives, 15 feuilles.

NUMÉROS du Moniteur.	DATES.	NOMBRE DES FEUILLES de SUPPLÉMENS.	PAGES des Supplémens ou LEUR TITRE.	OBSERVATIONS ET ERRATA.
		ANNÉE 1790.		
2	2 Janv.	1/2 f.	9 — 10	Dans la réimpression seulement.
48	17 Fév.	1/2 f.	193 — 94	
58	27 »	1/2 f.	235 — 36	
69	9 Mars	1 f.	277 à 81	Imprimé 68 dans quelques exemplaires.
84	25 »	1/2 f.	345 — 46	
116	26 Avril	1/2 f.		
128	8 Mai	1/2 f.	519 — 20	
143	23 »	1/2 f.	581 — 82	
154	3 Juin	1 f.	627 à 30	
163	12 »	1/2 f.	667 — 68	
181	30 »	1/2 f.	741 — 42	
183	2 Juill.	1/2 f.	751 — 52	
192	11 »	1/2 f.	789 — 90	
199	18 »	1 f.	819 à 22	
204	23 »	1/2 f.	841 — 42	
213	1 Août	1/2 f.	879 — 80	
218	6 »	1/2 f.	901 — 2	
224	12 »	1/2 f.	917 — 18	
243	31 »	1/2 f.	1005 — 6	
253	10 Sept.	1/2 f.	1047 — 48	
259	16 »			Imprimé 256.
260	17 »	1/2 f.	1077 — 78	
266	23 »	1/2 f.	1103 — 4	
267	24 »	1/2 f.		
271	28 »	1/2 f.	1125 — 26	
276	3 Oct.	1/2 f.	1147 — 48	
292	19 »			Imprimé lundi au lieu de mardi.
316	12 Nov.	1/2 f.		
319	15 »	1/2 f.		
333	29 »	1 f.	1375 à 79	
337	3 Déc.	1/2 f.	1395 — 96	
342	8 »	1/2 f.		
352	18 »	1/2 f.		
365	31 »	1/2 f.		
		ANNÉE 1791.		
16	16 Janv.	1 f.	63	
18	18 »	1/2 f.	75	Imprimé 17 dans quelques exemplaires.
23	23 »	1/2 f.		
27	27 »	1/2 f.		
51	20 Fév.	1/2 f.		
54	23 »	1/2 f.		
64	5 Mars	1 f.	259 à 62	
65	6 »	1/2 f.		
81	22 »			Imprimé 23 dans quelques exemplaires.
82	23 »	1/2 f.		

NUMÉROS du Moniteur.	DATES.	NOMBRES DES FEUILLES de SUPPLÉMENS.	PAGES des Supplémens ou LEUR TITRE.	OBSERVATIONS ET ERRATA.
84	25 Mars	1 f.	341 à 44	
89	30 »	1 f.	363 à 66	
96	6 Avril	1/2 f.		
98	8 »	1 f.	401 à 4	
99	9 »	1 f.	407 à 10	
107	17 »	1/2 f.		
119	29 »	1/2 f.		
127	7 Mai	1 f.	521 à 24	
128	8 »	1/2 f.		
132	12 »	1 f.	543 à 46	
134	14 »	1 f.	553 à 56	
139	19 »	1 f.	575 à 78	
140	20 »	1 f.	581 à 84	
149	29 »	1/2 f.		Tableau de contribution et de députation.
151	31 »	1/2 f.		
153	2 Juin	1 f.	635 à 38	
160	9 »			Imprimé 159 dans quelques exemplaires.
172	21 »	1/2 f.		Ce supt, daté du 21 mai, appart. au 21 juin.
178	27 »			Imprimé 177 dans quelques exemplaires.
183	2 Juill.	1/2 f.		
194	13 »			Imprimé 193 dans quelques exemplaires.
196	15 »	1 f.	809 à 12	
197	16 »	1/2 f.		
205	24 »	1 f.	849 à 52	
213	1 Août	1/2 f.		
218	6 »	1 f.	901 à 4	
220	8 »	1/2 f.		
225	13 »	1 f.	931 à 34	
231	19 »			Imprimé 230, jeudi 18, dans quelques ex.
239	27 »	1 f.	989 à 92	
240	28 »	1/2 f.		
243	31 »	1 f.	1007 à 10	
245	2 Sept.	1 f.	1019 à 22	
259	16 »	1 f. 1/2		
266	23 »			Imprimé 267 dans quelques exemplaires.
267	24 »	1 f.	1111 à 14	
272	29 »			Imprimé 28 dans quelques exemplaires.
273	30 »	3 f. 1/2	1137 à 38	Les 3 feuilles de supplément, fo 1 à 12.
275	2 Oct.	1 f.	1147 à 50	
294	21 »			Imprimé 293 dans quelques exemplaires.
295	22 »	1 f.	1229 à 32	
300	27 »	1 f.	1251 à 54	
302	29 »	1 f.	1261 à 64	
326	22 Nov.	1 f.	1559 à 62	
338	4 Déc.	1 f.	1411 à 14	Imprimé 337 dans quelques exemplaires.
343	9 »	1 f.	1433 à 36	Imprimé 343 dans quelques exemplaires.
345	11 »	1/2 f.		
358	24 »	1/2 f.		
365	31 »	1 f.	1527 à 30	La première page imprimée fo 1433.

NUMÉROS du Moniteur.	DATES.	NOMBRE DES FEUILLES de SUPPLÉMENT.	PAGES des Supplémens ou LEUR TITRE.	OBSERVATIONS ET ERRATA.
	ANNÉE 1792.			
20	20 Janv.	1 f.	79 à 82	
22	22 »	1 f.	89 à 92	
30	30 »	1/2 f.		
35	4 Fév.	1/2 f.		
46	15 »			Imprimé 45 dans quelques exemplaires.
55	24 »	1 f.	223 à 26	
63	3 Mars	1 f. 1/2 f.	257 à 60	Le demi-feuille sans pagination.
74	14 »	1 f.	303 à 6	
77	17 »	1/2 f.		
84	24 »	1 f.	345 à 48	
95	4 Avril	1/2 f.		
97	6 »	1 f.	399 à 402	
112	21 »	1/2 f.		
119	28 »	1/2 f.	491 — 92	
127	6 Mai	1/2 f.	525 — 26	
128	7 »	1/2 f.		
134	13 »	1/2 f.	555 — 56	
143	22 »	2 1/2	593 — 94	La deuxième demi-feuille sans pagination.
151	30 »	1/2 f.		
152	31 »	1/2 f.	631 — 32	
158	6 Juin	1/2 f.	657 — 58	
163	11 »	1/2 f.		
167	15 »	1/2 f.	595 — 96	
174	22 »	1/2 f.	725 — 26	
183	1 Juill.	1/2 f.	763 — 64	La 1/2 f. doit porter le n° 183 et non 122 ou 182.
186	4 »	1/2 f.		Imprimé 187, 5 juillet.
188	6 »	1/2 f.	785 — 86	
192	10 »			Imprimé 191.
193	11 »	1/2 f.	807 — 8	Imprimé n° 189.
194	12 »	1/2 f.		
199	17 »	1/2 f.	833 — 34	
201	19 »	1/2 f.	843 — 44	
203	21 »	1/2 f.	853 — 54	
209	27 »			Imprimé 208, jeudi 26 juillet.
210	28 »	1/2 f.	883 — 84	
211	29 »	1/2 f.		
213	31 »	1/2 f.	897 — 98	
230	17 Août	1/2 f.	967 — 68	
233	20 »	1/2 f.	981 — 82	
234	21 »	1/2 f.	987 — 88	
235	22 »	1/2 f.	993 — 94	Le supplém. commence ainsi : M. Lejosne.
236	23 »	1/2 f.	999 à 1000	Imprimé 235, commence ainsi : M. le Président.
237	24 »	1/2 f.		
238	25 »	1/2 f.	1009 — 10	
244	31 »	1/2 f.	1035 — 36	

NUMÉROS du Moniteur.	DATES.	NOMBRE DES FEUILLES de SUPPLÉMENS.	PAGES des Supplémens ou LEUR TITRE.	OBSERVATIONS ET ERRATA.
251	7 Sept.	1/2 f.	1067 — 68	
260	16 »	1/2 f.	1105 — 6	
267	23 »	1/2 f.		
271	27 »	1/2 f.	1151 — 52	
274	30 »	1/2 f.		
285	11 Oct.	1/2 f.	1209 — 10	
303	29 »	1 f.	1281 à 84	
305	31 »	1 f.	1291 à 94	
306	1 Nov.	1 f.	1297 à 1300	
314	9 »	1/2 f.	1333 — 34	
315	10 »	1/2 f.	1339 — 40	
321	16 »	1/2 f.		
332	27 »	1/2 f.		
336	1 Déc.	1/2 f.	1425 — 26	
341	6 »	1/2 f.	1447 — 48	
344	9 »	1 f.	1459 à 62	
348	13 »	1 f.	1477 à 80	
453	18 »	1 f.	1499 à 1502	
355	20 »	1 f.	1509 à 12	
363	28 »	1 f.	1543 à 46	
364	29 »	1 f.	1549 à 52	
365	30 »	1 f.	1555 à 58	
	ANNÉE 1793.			
3	3 Janv.	1 f.	11 à 14	
5	5 »	1 f.	21 à 24	
10	10 »	1 f.	43 à 46	
15	15 »	1 f.	65 à 68	
18	18 »	1 f.	79 à 82	
19	19 »	1 f.	85 à 88	
20	20 »	5 f.	91 à 110	
24	24 »	1 f.	119 à 22	
41	10 Fév.	1 f.	189 à 92	
43	12 »	1/2 f.		
46	15 »	1 f.	211 à 14	
48	17 »	1 f.	221 à 24	
49	18 »	1 f. 1/2	229 à 34	
58	27 »	1/2 f.		
60	1 Mars	1 f.	277 à 80	
69	10 »	1/2 f.	317 — 18	
77	18 »	1/2 f.		
87	28 »			Imprimé 83.
89	30 »	1/2 f.		
93	3 Avril	1 f.	413 à 16	
96	6 »	1 f.	427 à 30	
102	12 »	1 f.	453 à 56	
104	14 »	1 f.	463 à 66	

NUMÉROS du Moniteur.	DATES.	NOMBRE DES FEUILLES de SUPPLÉMENS.	PAGES des Supplémens ou LEUR TITRE.		OBSERVATIONS ET ERRATA.
123	3 Mai.	1 f.	541	à 44	
131	11 »	1 f.	575	à 78	
138	18 »				Imprimé 137, 17 mai.
139	19 »				Imprimé 138.
143	23 »				Imprimé 142, 22 mai.
147	27 »	1/2 f.			
151	31 »	1 f.	653	à 56	
167	16 Juin	1 f.	719	à 22	
172	21 »	1 f.	741	à 44	
178	27 »	1 f.	767	à 70	
195	14 Juill.	1/2 f.			
198	17 »	1 f.	849	à 52	
202	21 »	1/2 f.			
207	26 »	1 f.	889	à 92	
212	31 »	1 f.	903	à 6	
226	14 Août	1 f.	961	à 64	
228	16 »	1/2 f.			Le numéro n'a qu'une demi-feuille.
229	17 »	1 f.	973	à 76	
237	25 »	1 f.	1007	à 10	
250	7 Sept.	1 f.	1061	à 64	
264	21 »				Ce numéro termine l'année 1793.

NUMÉROS du Moniteur.	DATES		NOMBRE DES FEUILLES de SUPPLÉMENS.	PAGES des Supplémens ou LEUR TITRE.	OBSERVATIONS ET ERRATA.
	Calendrier grégor.	Calendrier républ.			
	ANNÉE 1793.	**AN 2.**			
265	22 Sept.	1 Vend.	1 f.	1123 à 26	Ce nº commence le style répub.
273	30 »	9 »	6 f. 1/2	1 à 26	
274	1 Oct.	10 »			
275	2 »	11 »			Imprimé 274, 1 octobre.
276	3 »	12 »			
277	4 »	13 »			
278	5 »	14 »			
279	6 »	15 »			
280	7 »	16 »			6 du 1er mois, style républic.
17	8 »	17 »			
18	9 »	18 »			
19	10 »	19 »			
20	11 »	20 »			
21	12 »	21 »			
22	13 »	22 »			
23	14 »	23 »			
24	15 »	24 »			
25	16 »	25 »			
26	17 »	26 »			
27	18 »	27 »			
28	19 »	28 »			
29	20 »	9 »			
30	21 »	30 »			
31	22 »	1 Brum.	1/2 f.		
32	23 »	2 »			
33	24 »	3 »			
34	25 »	4 »	1 f.	137 à 40	
35	26 »	5 »			Ici commence l'indication des deux Calendriers.
36	27 »	6 »	5 f.	1 à 20	
53	13 Nov.	23 »	1/2 f.		Catalogue de livres.
99	29 Déc.	9 Nivôse	1/2 f.		Fin de l'année 1793.
101	31 »	11 »			
	ANNÉE 1794.				
120	19 Janv.	30 »			Imprimé 130.
125	24 »	5 Pluv.	1/2 f.		Catalogue de livres.
136	4 Fév.	16 »	1 f.	547 à 50	
138	6 »	18 »	1 f.	557 à 60	
154	22 »	4 Vent.	1/2 f.		
180	20 Mars.	30 »	1/2 f.		
187	27 »	7 Germ.	1 f.	755 à 58	
192	1 Avril	12 »	1 f.	777 à 80	
207	16 »	27 »	1 f.	839 à 42	

NUMÉROS du Moniteur.	DATES		NOMBRE DES FEUILLES de SUPPLÉMENS.	PAGES des Supplémens ou LEUR TITRE.		OBSERVATIONS ET ERRATA.
	Calendrier grégor.	Calendrier républ.				
208	17 »	28 »				Imprimé 198, 7 avril.
219	28 »	9 Flor.	1/2 f.			
229	8 Mai	19 »	1 f.	929 à 32		
234	13 »	24 »	1 f.	951 à 54		
250	29 »	10 Prair.	1 f. 1/2	1017 à 22		
266	14 Juin	26 »	1 f.	1083 à 86		
270	18 »	30 »	1 f.	1101 à 4		
282	30 »	12 Messi.				Fin du prem. semestre de 1794.
284	2 Juil.	14 »				Imprimé 4 messidor.
299	17 »	29 »	1 f.	1223 à 26		
308	26 »	8 Ther.	1/2 f.			Catalogue de livres.
312	30 »	12 »	1 f.	1277 à 80		
322	9 Août	22 »	1 f.			Tarif.
327	14 »	27 »	1 f.	1339 à 42		Imprimé 328.
328	15 »	28 »	1 f.	1345 à 48		
329	16 »	29 »	1 f.	1351 à 54		
331	18 »	1 Fruct.	1/2 f.			Catalogue de livres.
345	1 Sept.	15 »	1 f.	1415 à 18		
346	2 »	16 »	1 f.	1421 à 24		
		AN 3.				
3	24 »	3 Vend.	1 f.	11 à 14		
4	25 »	4 »	1 f.	17 à 20		
5	26 »	5 »	1 f.	23 à 26		
6	27 »	6 »	1 f.	29 à 32		
8	29 »	8 »	1 f.	39 à 42		
9	30 »	9 »	1 f.	45 à 48		
10	1 Oct.	10 »	1 f.	51 à 54		
12	3 »	12 »	1 f.	61 à 64		
19	10 »	19 »	1/2 f.			
34	25 »	4 Brum.	1 f.	151 à 54		Imprimé 23 octobre.
35	26 »	5 »	5 1/2 f.	1 à 10		
45	5 Nov.	15 »	1/2 f.			Avis.
90	20 Déc.	30 Frim.	1 f.	373 à 76		
101	31 »	11 Nivôse				Fin de l'année 1794.
	ANNÉE 1795.					
185	25 Mars	5 Germ.				Imprimé 518.
243	22 Mai	3 Prair.				Les numéros 243 et 244 ne forment qu'une feuille.
244	23 »	4 »				
282	30 Juin	12 Messi.				Fin du prem. semestre de 1795
327	14 Août	27 Ther.	1/2 f.			
331	18 »	1 Fruct.				Imprimé 313.
340	27 »	10 »	1 f. 1/2	1 à 6		
360	16 Sept.	30 »	1 f.	1 à 4		

NUMÉROS du Moniteur.	DATES.		NOMBRE DES FEUILLES de SUPPLÉMENS.	PAGES des Supplémens ou LEUR TITRE.	OBSERVATIONS ET ERRATA.
	Calendrier grégor.	Calendrier républ.			
		AN 4.			
100	31 Déc.	10 Nivôse			Fin de l'année 1795.
	ANNÉE 1796.				
111	11 Janv.	21 »			Imprimé 12 nivôse.
184	24 Mars	4 Germ.	1/2 f.	1 — 2	
195	4 Avril	15 »			Imprimé 3 avril.
220	29 »	10 Flor.	1/2 f.		Catalogue de livres.
282	30 Juin	12 Messi.			Fin du prem. semestre de 1796.
		AN 5.			
2	23 Sept.	2 Vend.			Imprimé an 4 au lieu d'an 5.
9	30 »	9 »			Imprimé 29 septembre.
36	31 Déc.	11 Nivôse			Fin de l'année 1796.
	ANNÉE 1797.				
167	7 Mars	17 Vent.	1/2 f.	667 — 68	
179	19 »	29 »	1/2 f.	718 — 19	
282	30 Juin	12 Messi.			Fin du prem. semestre de 1797.
351	7 Sept.	21 Fruct.	1 f.	1403 à 6	
352	8 »	22 »	1 f.	1409 à 12	
353	9 »	23 »	1 f.	1415 à 18	
354	10 »	24 »	1 f.	1421 à 24	
355	11 »	25 »	1 f.	1427 à 30	
356	12 »	26 »	1 f.	1433 à 36	
		AN 6.			
2	23 »	2 Vend.			Imprimé an 5 au lieu d'an 6.
11	2 Oct.	11 »	1/2 f.	45 — 46	
23	14 »	23 »			Imprimé n° 25.
58	18 Nov.	28 Brum.	1/2 f.	235 — 36	Impr. 8 brum dans quelques ex.
80	10 Déc.	20 Frim.	1/2 f.		Catalogue de livres.
101	31 »	11 Nivôse			Fin de l'année 1797.
	ANNÉE 1798.				
113	12 Janv.	23 »			Imprimé 112.
228	7 Mai.	18 Flor.	1/2 f.	1 — 2	
236	15 »	26 »	1/2 f.	1 — 2	Catalogue de livres.

NUMÉROS du Moniteur.	DATES. Calendrier grégor.	Calendrier républ.	NOMBRE DES FEUILLES de SUPPLÉMENS.	PAGES des Supplémens ou LEUR TITRE.	OBSERVATIONS ET ERRATA
256	4 Juin	16 Prair.	1/2 f.	1 — 2	Catalogue de livres.
270	18 »	30 »	1/2 f.	1 — 2	Catalogue de livres.
282	30 »	12 Messi.			Fin du prem. semestre de 1798.
3	22 Juill.	4 Therm.	1/2 f.	1 — 2	Catalogue de livres.
		AN 7.			
24	15 Oct.	24 Vend.	1/2 f.	97 — 98	
32	23 »	2 Brum.	1 f.	131 à 34	
70	30 Nov.	10 Frim.	1/2 f.	287 — 88	
100	30 Déc.	10 Nivôse	1/2 f.	409 — 10	
101	31 »	11 »			Fin de l'année 1798.
	ANNÉE 1799.				
104	3 Janv.	14 »	1/2 f.	425 — 26	
118	17 »	28	1/2 f.		Catalogue de livres.
134	2 Fév.	14 Pluv.	1 f. 1/2	547 à 52	
182	22 Mars	2 Germ.			Imprimé 181;
218	27 Avril	8 Flor.	1/2 f.	889 — 90	
252	31 Mai	12 Prair.	1/2 f.	1027 — 28	
258	6 Juin	18 »	1/2 f.	1053 — 54	
282	30 »	12 Messi.			Fin du prem. semestre de 1799.
305	23 Juill.	5 Ther.			Imprimé 4 Thermidor.
365–66	5-6e jrs complém.				En un seul numéro.
		AN 8.			
1-2	23-24 Sep	1-2 Ven.			Une feuille pour les 2 jours.
94	25 Déc.	4 Nivôse			Imprimé 3 nivôse.
97	28 »	7 »	1 f.	1 à 4	
100	31 »	10 »			Fin de l'année 1799.
	ANNÉE 1800.				
130	30 Janv.	10 Pluv.			Imprimé n° 110.
150	19 Fév.	30 »	1/2 f.		
173	14 Mars	23 Vent.	1/2 f.	693 — 94	
175	16 »	25 »	1/2 f.	703 — 4	
176	17 »	26 »			Imprimé 6 ventôse.
178	19 »	28 »	1/2 f.		Catalogue de livres.
184	25 »	4 Germ.	1/2 f.	741 — 42	
187	28 »	7 »	1 f.	755 à 58	
202	12 Avril	22 »	1/2 f.	819 — 20	Imprimé n° 102.
227	7 Mai	17 Flor.	1/2 f.		Catalogue de livres.
262	11 Juin	22 Prair.	1/2 f.		Catalogue de livres.
281	30 »	11 Messi.			Fin du prem. semestre de 1800.

NUMÉROS de Moniteur.	DATES.		NOMBRES DES FEUILLES de SUPPLÉMENS.	PAGES des Supplémens ou LEUR TITRE.	OBSERVATIONS ET ERRATA.
	Calendrier grégor.	Calendrier républ.			
326	14 Août	26 Thér.			Imprimé 6 Thermidor.
343	31 »	13 Fruct.			Imprimé 344.
350	7 Sept.	20 »	1 f.	1413 à 16	
	AN 9.				
1 - 2	23-24	1-2 Vend			Une feuille pour les 2 jours.
75	6 Déc.	15 Frim.	2 f.	295 à 302	
85	16 »	25 »	1 f.	341 à 44	
86	17 »	26 »	1 f.	347 à 50	
87	18 »	27 »	1	353 à 56	
100	31 »	10 »			Fin de l'année 1800.
	ANNÉE 1801.				
102-103	2-3 Janv.	12-13 Niv	1/2 f.	417 — 18	Une feuille pour les 2 jours.
104	4 »	14 »	1/2 f.	423 — 24	
111	11 »	21 »	1/2 f.	453 — 54	
125	25 »	5 Pluv.	2 f. 1/2	511 à 20	
128	28 »	8 »	1/2 f.	533 — 34	
129	29 »	9 »	1/2 f.	539 — 40	
140	9 Fév.	20 »	1/2 f.	585 — 86	
164	5 Mars	14 Vent.	1/2 f.	683 — 84	
165	6 »	15 »	1/2 f.	689 — 90	
170	11 »	20 »	1/2 f.	711 — 12	
174	15 »	24 »	1/2 f.	729 — 30	
179	20 »	29 »	4 f.		De Tableaux.
180	21 »	30 »	1/2 f.	755 — 56	
181	22 »	1 Germ.	1 f. 1/2	763 — 66	
183	24 »	3 »	1/2 f.	773 — 74	Imprimé n° 182.
184	25 »	4 »	1 f.	1 à 4	
202	12 Avril	22 »	1/2 f.	851 — 52	
230	10 Mai	20 Flor.			Imprimé n° 230.
231	11 »	21 »			Imprimé n°. 221.
262	11 Juin	22 Prair.	1 f.	1 à 4	Catalogue de livres.
281	30 »	11 Messi.			Fin du prem. semestre de 1801.
289	8 Juill.	19 »	1/2 f.	1201 — 2	
296-297	15-16	26-27 »			Une feuille pour les 2 jours.
340	28 Août	10 Fruct.	1/2 f.	1403 — 4	
342	30 »	12 »	1 f.	1413 à 16	
	AN 10				
1 - 2	23-24 Sep	1-2 Vend			Une 1/2 feuille pour les 2 jours.
4	26 »	4 »	1/2 f.	11 — 12	
5	27 »	5 »	1/2 f.	17 — 18	
32	24 Oct.	2 Brum.			Imprimé 2 Vendémaire.

NUMÉROS du Moniteur.	DATES.		NOMBRES DES FEUILLES de SUPPLÉMENS.		PAGES des Supplémen ou LEUR TITRE		OBSERVATIONS ET ERRATA.
	Calendrier grégor.	Calendrier républ.					
63	24 Nov.	3 Frim.		1/2 f.	1	— 2	Imprimé 8 frimaire.
76	7 Déc.	16 »	14 f.		1	à 56	Le 14e supplément a une ré-clame annonçant une suite qui n'a pas eu lieu.
86	17 »	26 »	1 f.		343	à 46	
100	31 »	10 Nivôse					Fin de l'année 1801.
	ANNÉE **1802**.						
131	31 Janv.	11 Pluv.		1/2 f.	525	— 26	
152	21 Fév.	2 Vent.					Imprimé 2 pluviôse.
166	7 Mars	16 »		1/2 f.			Catalogue de livres.
185	26 »	5 Germ.		1/2 f.			
196	6 Avril	16 »	1 f.		787	à 90	
197	7 »	17 »		1/2 f.	795	— 96	
200	10 »	20 »	1 f.		809	à 12	
218	28 »	8 Flor.		1/2 f.	883	— 84	
222	2 Mai	12 »	1 f.		901	à 4	
225	5 »	15 »					Imprimé n° 215.
227	7 »	17 »		1/2 f.	925	— 26	
229	9 »	19 »		1/2 f.	935	— 36	
239	19 »	29 »	1 f.		977	à 80	
240	20 »	30 »	1 f.		985	à 88	
241	21 »	1 Prair.	1 f.		993	à 96	
281	30 Juin	11 Messi.					Fin du prem. semestre de 1802.
286	5 Juill.	16 »		1/2 f.	1177	— 78	
312	31 »	12 Ther.	8 f.	1/2	1	à 33	
333	21 Août	3 Fruct.	3 f.		1	à 12	
352	9 Sept.	22 »	12 f.	1/2	1	à 49	
	AN **11**.						
1 - 2	23-24 »	1-2 Vend					Une feuille pour les 2 jours.
31	23 Oct.	1 Brum.	2 f.		121	à 28	
56	17 Nov.	26 »		1/2 f.	223	— 24	
57	18 »	27 »	1 f.		227	à 30	
82	13 Déc.	22 Frim.	1 f.		329	à 32	
100	31 »	10 Nivôse					Fin de l'année 1802.
	ANNÉE **1803**.						
101	1 Janv.	11 »					Imprimé n° 121.
123	23 »	3 Pluv.					Imprimé 3 nivôse.
130	30 »	10 »	1 f.		523	à 26	
131	31 »	11 »					Imprimé n° 181.
151	20 Fév.	1 Vent.	3 f.		609	à 20	

NUMÉROS du Moniteur.	DATES. Calendrier grégor.	Calendrier républ.	NOMBRE DES FEUILLES de SUPPLÉMENS.	PAGES des Supplémens ou LEUR TITRE.	OBSERVATIONS ET ERRATA.
162	3 Mars	12 »	1/2 f.		Catalogue de livres.
167	8 »	17 »	1 f.	683 à 86	
170	11 »	20 »	1 f.	699 à 702	
171	12 ».	21 »			Imprimé n° 170.
172	13 »	22 »	7 f.	711 à 38	
173	14 »	23 »	1 f.	713 à 16	
174	15 »	24 »	9 f.	749 à 84	
182	23 »	2 Germ.	1 f.	813 à 16	
183	24 »	3 »	1 f.	821 à 24	
192	2 Avril	12 »	2 f.	861 à 68	
213	23 »	3 Flor.	1 f.	951 à 54	
216	26 .»	6 »	1 f. 1/2	965 à 70	
221	1 Mai	11 »	1/2 f.	991 — 92	
228	8 »	18 »	1 f.	1021 à 24	
235	15 »	25 »			Imprimé n° 230.
241	21 »	1 Prair.	6 f.	1075 à 98	
244	24 »	4 »	1 f.	1107 à 10	
249	29 »	9 »	1 f.	1129 à 32	
258	7 Juin	18 »	1/2 f.	1167 — 68	
263	12 »	23 »	3 f.	1189 à 99	
274	23 »	4 Messi.			Imprimé n° 27.
281	30 »	11 »			Fin du prem. semestre de 1803.
336	24 Août	6 Fruct.			Imprimé n° 337.
362	19 Sept.	2° Jᵉ. cᵉˢ.			Imprimé 10 septembre.
		AN 12.			
1 - 2	24-25 »	1-2 Vend			Une 1/2 feuille pour les 2 jours.
5	28 »	5 »	1 f.	17 à 20	
16	9 Oct.	16 »			Imprimé 7 octobre.
19	12 »	19 »	1 f.	77 à 80	
66	28 Nov.	6 Frim.	1/2 f.	265 — 66	
99	31 Déc.	9 Nivôse	f.		Fin de l'année 1803.
	ANNÉE 1804.				
109	10 Janv.	19 »	2 f.		Tableaux des naissances.
128	29 »	8 Pluv.	1/2 f.	513 — 14	
132	2 Fév.	12 »	1 f. 1/2	531 à 36	
135	5 »	15 »			Imprimé n° 134.
146	16 »	26 »	1 f.	593 à 95	
153	23 »	3 Vent.	1 f.	623 à 26	
157	27 »	7 »	11 f.	643 à 86	
158	28 »	8 »	1 f.	689 à 92	
160	1 Mars	10 »	9 f.	699 à 734	
162	3 »	12 »	1 f.	743 à 46	
163	4 »	13 »	1/2 f.	751 — 52	
164	5 »	14 »	1 f.	755 à 58	

NUMÉROS du Moniteur.	DATES.		NOMBRE DES FEUILLES de SUPPLÉMENS.	PAGES des Supplémens ou LEUR TITRE.	OBSERVATIONS ET ERRATA.
	Calendrier grégor.	Calendrier republ.			
168	9 Mars	18 »	1 f.	173 à 76	
170	17 »	26 »	1 f.	807 à 10	
184	25 »	4 Germ.	1 f.	843 à 46	
203	13 Avril	23 »	1 f.	921 à 24	
204	14 »	24 »			Imprimé n° 204.
208	18 »	28 »	3 f.	943 à 54	
224	4 Mai	14 Flor.	1 f.	1017 à 20	
225	5 »	15 »	1 f.	1025 à 28	
226	6 »	16 »	1 f.	1031 à 34	
240	20 »	30 »	1 f.	1089 à 92	
250	30 »	10 Prair.	7 f.	1129 à 56	
257	6 Juin	17 »	4 f.	1175 à 90	
275	24 »	5 Messi.			Imprimé 274, 4 messidor.
281	30 »	11 »			Fin du prem. semestre de 1804.
289	8 Juil.	19 »			Imprimé n° 279.
305	24 »	5 Ther.	1/2 f.	1363 — 64	
341	29 Août	11 Fruct.	1 f.	1495 à 98	
359	16 Sept.	29 »	2 f.	1563 à 70	
364	21 »	4e Jr. cre.			Imprimé 363.
365	22 »	5 »	1/2 f.	1587 — 88	
		AN **13**.			
1 - 2	23-24 »	1-2 Vend			Une 1/2 feuille pour les 2 jours.
19	11 Oct.	19 »	1/2 f.	65 — 66	
21	13 »	21 »	2 1/2 f.	73 — 74	Dont une gravure du brûlot.
66	27 Nov.	6 Frim.	1 f.	239 à 42	
96	27 Déc.	6 Nivôse			Imprimé 28 décembre.
100	31 »	10 »			Fin de l'année 1804.
	ANNÉE **1805**.				
147	16 Fév.	27 Pluv.	12 f.	549 à 96	
153	22 »	3 Vent.	15 f.	613 à 72	
187	28 Mars	7 Germ.	1 f.	793 à 96	
221	1 Mai	11 Flor.	1 f.	927 à 50	
231	11 »	21 »	4 f. 1/2	1 à 18	
256	5 Juin	16 Prair.	8 f.	1 à 32	
274	23 »	4 Messi.			Imprimé 4 prairial.
281	30 »	11 »			Fin du prem. semestre de 1805.
290	9 Juill.	20 »	3 f.	1195 à 1205	
298	17 »	28 »	1 f.	1237 à 40	
311	30 »	11 Ther.	1 f.	1291 à 94	
342	30 Août	12 Fruct.	1 f.	1417 à 20	
		AN **14**.			
1 - 2	23-24 Sep	1-2 Vend			Une 1/2 feuille pour les 2 jours.
4	26 »	4 »	1 f.	11 à 14	
5	27 »	5 »	1 f.	17 à 20	
100	31 Déc.	10 Nivôse			Ici finit le Calendrier républ.

NUMÉROS du Moniteur.	DATES.	NOMBRE DES FEUILLES de SUPPLÉMENS.		PAGES des Supplémens ou LEUR TITRE.	OBSERVATIONS ET ERRATA.
	ANNÉE 1806.				
1	1 Janv.	1 f.		3 à 6	
2	2 »		1/2 f.	11 — 12	
4	4 »	1 f.		17 à 20	
5	5 »				Imprimé 4 janvier.
43	12 Fév.				Imprimé 14 février.
65	6 Mars		1/2 f.	259 — 60	
68	9 »	1 f.		273 à 76	
76	17 »		1/2 f.	307 — 8	
95	5 Avril	1 f.		385 à 88	
96	6 »	1 f.	1/2	393 à 99	
102	12 »		1/2 f.	421 — 22	
103	13 »		1/2 f.	427 — 28	
104	14 »	1 f.		433 à 36	
105	15 »	1 f.		441 à 44	
112	22 »	12 f.		471 à 518	Compte des Finances.
117	27 »		1/2 f.	539 — 40	
123	3 Mai	17 f.		565 à 632	Compte du Trésor public.
206	25 Juill.	1 f.		945 à 48	
280	7 Oct.				Imprimé 7 septembre.
288	16 »		1/2 f.		Notice de Tableaux.
330	26 »	3 f.		1421 — 32	Déclaration de S. M. Britannique.
	ANNÉE 1807.				
5	5 Janv.				Imprimé 5 décembre.
87	28 Mars	1 f.	1/2	341 à 45	
96	6 Avril				Imprimé n° 95, 5 avril.
123	3 Mai				Imprimé n° 126.
241	29 Août		1/2 f.	939 — 40	
262	19 Sept.	13 f.	1/2	1 à 54	Compte des Finances.
267	24 »	18 f.		1 à 72	Compte du Trésor public.
278	5 Oct.	3 f.		1 à 12	Code de Commerce.
	ANNÉE 1808.				
3	3 Janv.				Imprimé année 1807.
7	7 »	1 f.		25 à 28	
33	2 Fév.		1/2 f.	133 — 34	
39	8 »	1 f.		157 à 60	
73	13 Mars				Imprimé 75.
95	4 Avril				Imprimé 4 mars.
165	13 Juin				Imprimé 159, 7 juin, et commençant ainsi : *Extérieur, Espagne.*

NUMÉROS du Moniteur.	DATES.	NOMBRE DES FEUILLES de SUPPLÉMENS.		PAGES des Supplémens ou LEUR TITRE.		OBSERVATIONS ET ERRATA.
197	15 Juill.	1 f.		777 à 80		Imprimé 196.
249	5 Sept.		1/2 f.	983 — 84		
361	26 Déc.	28 f.	1/2	1 à 114		
	ANNÉE 1809.					
5	5 Janv.					Imprimé 1808.
6	6 »					Imprimé 1808.
61	2 Mars	1 f.	1/2	241 à 46		
63	4 »					Imprimé 62.
115	25 Avril	1 f.		257 — 60		
187	6 Juill.					Imprimé 1808.
234	22 Août	2 f.		921 — 28		
267	24 Sept.					Imprimé 264.
271	28 »	1 f.	1/2	1075 à 80		
284	11 Oct.	8 f.		1 à 32		
340	6 Déc.					Imprimé 6 novembre.
355	21 »					Imprimé n° 354, 16 décembre.
	ANNÉE 1810.					
5	5 Janv.					Imprimé 1809, vendredi.
10	10 »					Imprimé 1809, mercredi.
15	15 »					Imprimé 1809, lundi.
16	16 »	28 f.		1 à 112		Le 5e supplément porte année 1808.
31	31 »		1/2 f.	121 — 22		
33	2 Fév.	1 f.		129 à 32		
36	5 »	2 f.		143 à 50		
38	7 »					Imprimé n° 37, 8 février.
60	1 Mars	2 f.	1/2	1 à 10		
121	1 Mai		1/2 f.	481 — 82		
130	10 »					Imprimé 129.
131	11 »					Imprimé 130.
162	11 Juin					Imprimé 11 avril.
225	13 Août		1/2 f.	885 — 85		
298	25 Oct.	1 f.		1175 à 78		
337	3 Déc.	1 f.		1331 à 34		
349	15 »	1 f.		1383 à 86		
352	18 »	1 f.		1399 à 402		
	ANNÉE 1811.					
19	19 Janv.		1/2 f.	75 — 76		Imprimé page 397.
132	12 Mai		1/2 f.	497 — 98		Imprimé 156.
157	6 Juin					

NUMÉROS du Moniteur.	DATES.	NOMBRE DES FEUILLES de SUPPLÉMENS.	PAGES des Supplémens ou LEUR TITRE.	OBSERVATIONS ET ERRATA.
163	12 Juin			Imprimé 165.
165	14 »			Imprimé 159.
192	11 Juill.	70 f. 1/2	1 à 282	Les 11e et 12e supplémens sont imprimés année 1181.
207	26 »			Imprimé 16 juillet.
246	3 Sept.			Imprimé vendredi au lieu de mardi.
311	7 Nov.			Imprimé 312.
317	13 »	1/2 f.	1209 — 10	
355	21 Déc.	2 f.	1359 à 66	
ANNÉE 1812.				
2	2 Janv.	1/2 f.	9 — 10	
25	25 »	1/2 f.	99 — 100	
42	11 Fév.	1/2 f.	167 — 68	
45	14 »	1/2 f.	181 — 82	
76	16 Mars	1/2 f.	301 — 2	
95	4 Avril			Imprimé 4 mars.
123	2 Mai.	1/2 f.		Plan gravé de la mine Beaujonc.
190	8 Juill.	1/2 f.	745 — 46	
214	1 Août			Imprimé 216.
215	2 »			Imprimé 217.
220	7 »	1/2 f.		Plan levé du camp retranché des Russes.
360	25 Déc.	1/2 f.	1427 — 28	
ANNÉE 1813.				
2	2 Janv.	3 f.	1 à 12	Imprimé année 1812.
20	20 »	1 f. 1/2	231 à 36	
58	27 Fév.	10 f. 1/2	1 à 41	
»	» »	22 f. 1/2	1 à 90	
72	13 Mars	5 f.	361 à 72	
95	5 Avril			
110	20 »			Imprimé 120.
121	1 Mai			Imprimé 122.
278	5 Oct.	4 f. 1/2	1101 à 18	
ANNÉE 1814.				
34	3 Fév.			Imprimé 3 janvier.
92	2 Avril	1/2 f.	365 — 66	
121	1 Mai			Imprimé 101.
185	4 Juill.	1 f.	735 à 38	
194	15 »	1 f.	1 à 4	
204	23 »	2 f.	815 à 22	

NUMÉROS du Moniteur.	DATES.	NOMBRE DES FEUILLES de SUPPLÉMENS.	PAGES des Supplémens ou LEUR TITRE.	OBSERVATIONS ET ERRATA.
204	23 Juill.	2 f. 1/2	1 à 9	
269	26 Sept.	1 f.	1083 à 86	
307	3 Nov.			Imprimé 3 octobre.
351	17 Déc.			Imprimé 355.
	ANNÉE **1815.**			
77	18 Mars		309 — 10	
78	19 »	1 f.	315 — 20	
80	21 »			Imprimé année 1814.
99	9 Avril	1/2 f.	403 — 4	
102	12 »	1/2 f.	417 — 18	
147	26 Mai.			Imprimé page 584, lisez 598.
150	30 »			Imprimé 130.
166	15 Juin	1 f.	675 à 78	
168	17 »	2 f.	687 à 94	
169	18 »	1/2 f.	699 — 700	
172	21 »	1/2 f.		Bataille du Mont-Saint-Jean.
174	23 »	1/2 f.	719 — 20	
175	24 »	1/2 f.	725 — 26	
178	27 »	1/2 f.	739 — 40	
182	1 Juill.	1/2 f.	755 — 56	
188	7 »	1 f.	776	*Bis, ter et quater.*
189	8 »			Imprimé 188, et pages 779 et 780, au lieu de 777 et 778.
201	20 »	2 f.	819 à 26	
245	2 Sept.			Imprimé 244.
251	8 »			Imprimé 252.
253	10 »			Imprimé 523.
254	11 »			Imprimé 524.
255	12 »			Imprimé 525.
258	15 »			Imprimé 528.
262	19 »			Imprimé 562.
263	20 »			Imprimé 563.
275	2 Oct.			Imprimé 28 octobre.
297	24 »	1/2 f.	1171 — 72	
299	26 »	2 f.	1 à 8	
315	11 Nov.	1 f. 1/2	1245 à 50	
325	21 »	1/2 f.	1289 — 90	
326	22 »	1/2 f.	1295 — 96	
33	26 »	1 f.	1313 à 16	
358	24 Déc.	5 f. 1/2	1 à 22	
359-60	25—26			Une feuille pour les deux jours.
	ANNÉE **1816.**			
3	3 Janv.	1/2 f.	9 — 10	

NUMÉROS du Moniteur.	DATES.	NOMBRE DES FEUILLES de SUPPLÉMENS.		PAGES des Supplémens ou LEUR TITRE.		OBSERVATIONS ET ERRATA.
7	7 Janv.		1/2 f.	27 — 28		
22—23	22—23					Une feuille pour les deux jours.
56	25 Fév.		1/2 f.	213 — 14		
61	1 Mars.		1/2 f.	235 — 36		
73	13 »	2 f.	1/2	285 à 94		
77	17 »	1 f.		209 à 12		
81	21 »	1 f.		331 à 34		
82	22 »		1/2 f.	339 — 40		
84	24 »	1 f.		1 à 4		
91	31 »		1/2 f.	377 — 78		
92	1 Avril		1/2 f.	383 — 84		
115	24 »		1/2 f.	475 — 76		
116	25 »		1/2 f.	481 — 82		
122	1 Mai	1 f.		507 à 10		
151	30 »					Imprimé vendredi au lieu de jeudi.
155—56	3-4 Juin					Une feuille pour les deux jours.
190	8 Juill.					Imprimé 196.
194	12 »					Imprimé 196.
307—8	2-3 Nov.					Une feuille pour les deux jours.
320	15 »	3 f.		1 à 12		Le 1er supplément est imprimé 13 novemb.
334	29 »		1/2 f.	1337 — 38		
360	25 Déc.		1/2 f.	1443 — 44		
361—62	26-27		1/2 f.	1449 — 50		Une feuille avec un supplément 1/2 feuille pour les deux jours.
365	30 »	1 f.		1463 à 66		
	ANNÉE **1817.**					
16	16 Janv.		1/2 f.	65 — 66		
17	17 »		1/2 f.	71 — 72		
22—23	22-23					Une feuille pour les deux jours.
25	25 »	4 f.		1 à 16		
36	5 Fév.	1 f.		141 à 44		
37	6 »	2 f.	1/2	149 à 58		
43	12 »		1/2 f.	183 — 84		
44	13 »		1/2 f.	1 — 2		
46	15 »	1 f.		1 à 4		
59	28 »	1 f.		1 à 4		
61	2 Mars	2	1/2 f.	1 — 2		Deux demi-feuilles.
66	7 »	1 f.		1 à 4		
82	23		1/2 f.	337 — 38		
146—47	26-27 Mai					Une feuille pour les deux jours.
228—29	16-17 Ao.					Idem.
306—7	2-3 Nov.					Idem.
347	13 Déc.		1/2 f.	1373 — 74		
348	14 »		1/2 f.	1378 bis.		
349	15 »	2 f.		1383 à 90		
352	18 »	1 f.		1403 à 6		

NUMÉROS du Moniteur.	DATES.	NOMBRE DES FEUILLES de SUPPLÉMENS.	PAGES des Supplémens ou LEUR TITRE.	OBSERVATIONS ET ERRATA.
354	20 »	1/2 f.	1414 bis.	
360—61	26-27 »			Une feuille pour les deux jours,
	ANNÉE 1818.			
14	14 Janv.	1 f.	55 à 58	
16	16 »	1/2 f.	67 — 68	
17	17 »	1/2 f.	73 — 74	
21	21 »	2 1/2 f.	91 — 92 bis	Deux demi-feuilles.
22—23	22-23 »			Une feuille pour les deux jours.
25	25 »	1/2 f.	105 — 6	
26	26 »	1/2 f.	111 — 12	
27	27 »	1 f. 1/2	117—18 bis à 18 quint.	
31	31 »	1/2 f.	135 — 36	
38	7 Fév.	2 f.	165 à 72	
43	12 »	1/2 f.	193 — 94	
44	13 »			Imprimé 46.
45	14 »			Imprimé 47.
46	15 »	1 f.	207 à 10	Imprimé 48.
63	4 Mars.	1 f.	276 bis.	
64	5 »	1/2 f.	281 — 82	
65	6 »	1 f.	287 à 90	
67	8 »	1/2 f.	299 —300	
73	14 »	1/2 f.	325 — 26	
77	18 »	1/2 f.	343 — 44	
82—85	23-24 »	2 f. 1/2	365 à 72 ter.	Une feuille pour les 2 jours. Impr. 22, 23.
87	28 »	1/2 f.	388 bis.	
91	1 Avril	1/2 f.	405 — 6	
94	4 »	1/2 f.	419 — 20	
95	5 »	1/2 f.	425 — 26	
99	9 »	1/2 f.	443 — 44	
103	13 »	1/2 f.	461 — 62	
106	16 »	1/2 f.	475 — 76	
114	24 »	1/2 f.	509 — 10	
115	25 »	1/2 f.	515 — 16	
116	26 »	1 f.	521 à 24	
117	27 »	1/2 f.	529 — 30	
120	30 »	1/2 f.	543 — 44	
122	2 Mai	1/2 f.	552 bis.	
131—32	11-12 »			Une feuille pour les deux jours.
135	15 »	1 f.	601 à 4	
175	24 Juin	1/2 f.	1 — 2	
218	6 Août	1 f.	937 à 40	
228—29	16-17 »			Une feuille pour les deux jours.
272	29 Sept.	1/2 f.	1153 — 54	
277	4 Oct.	1/2 f.	1175 — 76	
306—7	2-3 Nov.			Une feuille pour les deux jours.
360—61	26-27 Dé.			Idem.

NUMÉROS du Moniteur.	DATES.	NOMBRE DES FEUILLES de SUPPLÉMENS.	PAGES des Supplémens ou LEUR TITRE.	OBSERVATIONS ET ERRATA.
		ANNÉE 1819.		
10	10 Janv.	2 f. 1/2	40 à 40 décim.	
28	28 »	1/2 f.	111 — 12	
30	30 »	1 f.	119 à 22	
45	14 Fév.	1/2 f.	183 — 84	
47	16 »	1/2 f.	193 — 94	
49	18 »	1/2 f.	203 — 4	
50	19 »			Imprimé n° 30.
60	1 Mars	1/2 f.	248 bis.	
63	4 »	1/2 f.	261 — 62	Le supplément est imprimé 62.
78	19 »	1/2 f.	323 — 24	
80	21 »	1/2 f.	333 — 34	
82	23 »	1/2 f.	343 — 44	
83	24 »	1/2 f.	349 — 50	
84	25 »	4 f.	354 à 354	Q.
86	27 »	1 f.	362 à 362	D.
93	2 Avril			Imprimé 92.
96	6 »	1/2 f.	403 — 4	
97	7 »	1/2 f.	409 — 10	
98	8 »	1 f.	415 à 18*	En deux demi-feuilles.
100	10 »	1/2 f.	427 — 28	
101	11 »	1/2 f.	433 — 34	
102—3	12—13			Une feuille pour les deux jours.
104	14 »	1 f.	443 à 46	
105	15 »	1/2 f.	451 — 52	
108	18 »	1/2 f.	465 — 66	
110	20 »	1 f.	475 à 78	
111	21 »	1/2 f.	483 — 84	
112	22 »	1/2 f.	489 — 90	
113	23 »	1/2 f.	495 — 96	
115	25 »	3 f.	505 à 14	Dout deux demi-feuilles.
117	27 »	1/2 f.	522 — 23	Imprimé 115.
120	30 »	1/2 f.	535 — 36	
124	4 Mai.	1/2 f.	553 — 54	
125	5 »	1/2 f.	559 — 60	
126	6 »	1/2 f.	565 — 66	
128	8 »	1/2 f.	575 — 76	
129	9 »	1 f. 1/2	581 à 82	D.
130	10 »	5 f. 1/2	1 à 22	La demi-feuille est imprimée année 1816.
131	11 »	2 f.	591 et 1 à 5	Dont deux demi-feuilles.
132	12 »	1 f. 1/2	597 à 98	D.
133	13 »	1/2 f.	603 — 4	
134	14 »	1 f. 1/2	609 à 14	
136	16 »	1/2 f.	623 — 24	
141	21 »	1/2 f.	645 — 46	
145	25 »	1 f.	663 à 66	
146	26 »	1/2 f.	671 — 72	
147	27 «	1 f.	676 à 676	D.

NUMÉROS du Moniteur.	DATES.	NOMBRE DES FEUILLES de SUPPLÉMENS.	PAGES des Supplémens ou LEUR TITRE.	OBSERVATIONS ET ERRATA.
148	28 Mai	1/2 f.	681 — 82	
149	29 »	1/2 f.	682 — 88	
150	30 »	2 f. 1/2	693 à 702	
151—152	31 »			
	1 Juin			Une feuille pour les deux jours.
153	2 »	1/2 f.	711 — 12	
155	4 »	1/2 f.	721 — 22	Le supplément est imprimé 1534
156	5 »	1 f.	727 — 28	
157	6 »	1/2 f.	735 — 36	
158	7 »	1 f.	741 à 44	
159	8 »	2 f.	749 à 56	
161	10 »	1/2 f.	765 — 66	
164	13 »	1/2 f.	779 — 80	
165	14 »	1/2 f.	785 — 86	
167	16 »	1/2 f.	795 — 96	
169	18 »	1 f.	805 à 8	
171	20 »	1/2 f.	817 — 18	
172	21 »	1/2 f.	823 — 24	
175	24 »	2 f.	837 à 40	D.
178	27 »	1/2 f.	853 — 54	Le supplément est imprimé n° 17.
179	28 »	1/2 f.	859 — 60	
181	30 »	1 f.	869 à 72	
182	1 Juill.	1/2 f.	877 — 78	
183	2 »	1/2 f.	185 — 84	
185	4 »	1/2 f.	893 — 94	
186	5 »	1/2 f.	899 à 900	
188	7 »	1/2 f.	909 — 10	
190	9 »	1 f. 1/2	919 à 20	D.
192	11 »	1/2 f.	929 — 30	
193	12 »	1/2 f.	935 — 36	
197	16 »	1/2 f.	951 — 52	
198	17 »	1/2 f.	959 — 60	
200	19 »	1 f.	965 à 68	
202	21 »	1/2 f.	174 bis et ter.	
213	1 Août			Imprimé 1er juillet.
228—29	16—17			Une feuille pour les deux jours.
262	19 Sept.	1/2 f.	1231 — 32	
306—7	2-3 Nov.			Une feuille pour les deux jours.
341	7 Déc.	1/2 f.	1545 — 46	
348	14 »	2 f.	1574 à 1574	H.
359	25 »	1 f.	1619 à 22	Imprimé 27 septembre.
360—361	26—27			Une feuille pour les deux jours.
	ANNÉE 1820.			
9	9 Janv.	1/2 f.	1 — 2	
15	15 »	1/2 f.	61 — 62	
17	17 »	1/2 f.	71 — 72	
22—23	22—23			Une feuille pour les deux jours.

NUMÉROS du Moniteur.	DATES.	NOMBRE DES FEUILLES de SUPPLÉMENS.	PAGES des Supplémens ou LEUR TITRE.	OBSERVATIONS ET ERRATA.
42	11 Fév.	1/2 f.	169 — 70	
51	20 »	1 f.	207 à 10	
58	27 »	1 f.	239 à 42	
61	1 Mars	1/2 f.	255 — 56	
63	3 »	1/2 f.	265 — 66	
64	4 »	1/2 f.	271 — 72	
67	7 »	1/2 f.	285 — 86	
68	8 »	1/2 f.	291 — 92	
69	9 »	1 f.	297 à 300	
70	10 »	1/2 f.	305 — 6	
71	11 »	1/2 f.	311 — 12	
72	12 »	1/2 f.	317 — 18	
73	13 »	1/2 f.	323 — 24	
74	14 »	1/2 f.	329 — 30	
75	15 »	1/2 f.	335 — 36	
76	16 »	1/2 f.	341 — 42	
82	22 »	1/2 f.	367 — 68	
83	23 »	1/2 f.	373 — 74	
84	24 »	1 f.	378 à 82	
85	25 »	1/2 f.	387 — 88	
86	26 »	2 f. 1/2	393-94, de 1 à 8	
89	29 »	1/2 f.	407 — 8	
90	30 »	1/2 f.	413 — 14	
91	31 »	1/2 f.	419 — 20	
92	1 Avril	2 f. 1/2	425 à 34	
97	6 »	1/2 f.	449 — 50	
98	7 »	1/2 f.	455 — 56	
99	8 »	1 f.	461 à 64	
100	9 »	3 f.	1 à 12	
101	10 »	1/2 f.	473 — 74	
107	16 »	1/2 f.	449 — 5p	
108	17 »	1/2 f.	505 — 6	
111	20 »	1/2 f.	519 — 20	
114	23 »	1/2 f.	533 — 34	
115	24 »	1/2 f.	539 — 40	
116	25 »	1/2 f.	545 — 46	
117	26 »	1/2 f.	551 — 52	
119	28 »	1/2 f.	561 — 62	
120	29 »	1/2 f.	567 — 68	
121	30 »	1 f. 1/2	573 à 78	
125	4 Mai.	1/2 f.	595 — 96	
127	6 »	1/2 f.	605 — 6	
128	7 »	1/2 f.	611 — 12	
131	10 »	1/2 f.	625 — 26	
133—34	12—13			Une feuille pour les deux jours.
135	14 »	1 f. 1/2	639 à 46	
137	16 »	1/2 f.	655 — 56	Imprimé 167.
138	17 »	1 f.	661 à 64	
139	18 »	1 f.	669 à 72	Imprimé 239.
140	19 »	1/2 f.	677 — 78	

NUMÉROS du Moniteur.	DATES.	NOMBRE DES FEUILLES de SUPPLÉMENS.		PAGES des Supplémens ou LEUR TITRE.		OBSERVATIONS ET ERRATA.
141	20 Mai	1 f.		683	à 86	
142	21 »	1 f.		691	à 94	
143—144	22—23	1 f.	1/2	694	*quint,*	
				et 699	— 700	Un numéro pour les deux jours.
145	24 »		1/2 f.	705	— 6	
146	25 »	3 f.	1/2	711 à 18 et 1 à 6		
148	27 »	1 f.		727	à 30	
149	28 »		1/2 f.	735	— 36	
150	29 »		1/2 f.	741	— 42	
152	31 »		1/2 f.	751	— 52	
153	1 Juin	1 f.		757	—1—2	Imprimé 151 *bis.*
154	2 »		1/2 f.	763	— 64	
155	3 »		1/2 f.	769	— 70	
156	4 »		1/2 f.	775	— 76	
158	6 »		1/2 f.	785	— 86	Imprimé 138.
159	7 »		1/2 f.	791	— 92	Imprimé 139.
160	8 »		1/2 f.	797	— 98	
161	9 »		1/2 f.	803	— 4	
162	10 »		1/2 f.	809	— 10	
163	11 »		1/2 f.	815	— 16	
166	14 »		1/2 f.	827	— 28	
167	15 »		1/2 f.	833	— 34	
168	16 »		1/2 f.	839	— 40	
169	17 »	1 f.		845	à 48	
170	18 »		1/2 f.	853	— 54	
173	21 »		1/2 f.	867	— 68	
175	23 »	1 f.	1/2	877	à 82	
176	24 »		1/2 f.	887	— 88	
177	25 »		1/2 f.	893	— 94	
178	26 »		1/2 f.	899	—900	
180	28 »		1/2 f.	909	— 10	
181	29 »		1/2 f.	915	— 16	
182	30 »		1/2 f.	921	— 22	
183	1 Juill.	1 f.		927	à 30	
184	2 »		1/2 f.	935	— 36	
185	3 »	1 f.		941	à 44	
186	4 »		1/2 f.	949	— 50	
187	5 »	1 f.	1/2	955	à 56	A à D.
188	6 »	1 f.		961	à 64	
189	7 »		1/2 f.	969	— 76	
190	8 »		1/2 f.	975	— 76	
191	9 »		1/2 f.	981	— 82	
193	11 »	1 f.		991	à 94	
194	12 »		1/2 f.	999	— 1000	
195	13 »	1 f.		1005	à 8	
196	14 »		1/2 f.	1013	— 14	
199	17 »	2 f.	1/2	1 à 4	— 1 à 6	
203	21 »		1/2 f.	1043	— 44	
204	22 »		1/2 f.	1049	— 50	
224	11 Août					Imprimé 214.

NUMÉROS du Moniteur.	DATES.	NOMBRE DES FEUILLES de SUPPLÉMENS.	PAGES des Supplémens ou LEUR TITRE.	OBSERVATIONS ET ERRATA.
229—30	16-17 Ao.			Une feuille pour les deux jours, imprimé 16-17 mai.
234	21 »			Imprimé 254.
235	22 »			Imprimé 255.
236	23 »			Imprimé 256.
246	2 Sept.	1 f.	1213 à 16	
254	10 »	1/2 f.	1248 *bis* et *ter*	
262	18 »			Imprimé 17 septembre.
276	2 Oct.	1/2 f.	1337 — 38	
307	2 Nov.			Imprimé 808.
350	15 Déc.	1/2 f.	1533 — 34	
351	16 »	1/2 f.	1639 — 40	
354	19 »	1/2 f.	1653 — 54	
356	21 »	1/2 f.	1663 — 64	
361—62	26—27	1/2 f.	1685 — 86	Une feuille pour les deux jours.
	ANNÉE 1821.			
3	3 Janv.			Imprimé 1820.
4	4 »			*Idem.*
7	7 »			*Idem.*
10	10 »	1/2 f.	41 — 42	
11	11 »	1/2 f.	47 — 48	
12	12 »			Imprimé 1820.
22—23	22—23			Une feuille pour les deux jours.
28	28 »	1/2 f.	113 — 14	
29	29 »	1/2 f.	119 — 20	
32	1 Fév.	1/2 f.	133 — 34	
33	2 »	1/2 f.	139 — 40	
37	6 »	1/2 f.	157 — 58	
43	12 »	1/2 f.	183 — 84	
44	13 »	1/2 f.	189 — 90	
45	14 »	1/2 f.	195 — 96	
47	16 »	1/2 f.	203 — 4	
48	17 »	1/2 f.	209 — 10	
49	18 »	1/2 f.	215 — 16	
52	21 »	1/2 f.	229 — 30	
53	22 »	1/2 f.	235 — 36	
54	23 »	1/2 f.	241 — 42	
55	24 »	1/2 f.	247 — 48	
56	25 »	1/2 f.	253 — 54	
57	26 »	1/2 f.	259 — 60	
58	27 »	1/2 f.	265 — 66	
59	28 »	1/2 f.	271 — 72	
60	1 Mars	1/2 f.	277 — 78	
61	2 »	1/2 f.	283 — 84	
62	3 »	1 f.	289 à 92	
68	9 »	1/2 f.	317 — 18	

NUMÉROS du Moniteur.	DATES.	NOMBRES DES FEUILLES de SUPPLÉMENS.	PAGES des Supplémens ou LEUR TITRE.	OBSERVATIONS ET ERRATA.
69	10 Mars		1/2 f.	323 — 24	
70	11 »		1/2 f.	329 — 30	
73	14 »	1 f.	343 à 46	
77	18 »	1/2 f.	363 — 64	
78	19 »	1/2 f.	369 — 70	
79	20 »	1/2 f.	375 — 76	
80	21 »	1 f.	381 à 84	
81	22 »	1/2 f.	389 — 90	
82	23 »	1/2 f.	395 — 96	
83	24 »	1 f.	401 à 4	
84	25 »	1/2 f.	409 — 10	
87	28 »	1/2 f.	423 — 24	
88	29 »	1/2 f.	427 — 28	
94	4 Avril	1/2 f.	453 — 54	
97	7 »	1/2 f.	467 — 68	
98	8 »	1/2 f.	473 — 74	
99	9 »	1 f.	479 à 82	
100	10 »	1/2 f.	487 — 88	
101	11 »	1 f.	493 à 96	
102	12 »	1/2 f.	501 — 2	
103	13 »	1/2 f.	507 — 8	
104	14 »	1/2 f.	513 — 14	
105	15 »	1/2 f.	519 — 20	
107	17 »	1/2 f.	529 — 30	
108	18 »	1/2 f.	535 — 36	
109	19 »	1/2 f.	541 — 42	
110	20 »	1/2 f.	547 — 48	
112	22 »	1/2 f.	557 — 58	
113—114	23—24			Une feuille pour les deux jours.
115	25 »	1/2 f.	571 — 72	
116	26 »	1 f.	577 à 80	
117	27 »	1/2 f.	585 — 86	
118	28 »	1/1 f.	591 — 92	
119	29 »	1/2 f.	597 — 98	
122	2 Mai	1/2 f.	611 — 12	
123—124	3—4			Une feuille pour les deux jours.
126	6 »	1/2 f.	625 — 26	
128	8 »	1/2 f.	635 — 36	
129	9 »	1/2 f.	641 — 42	
130	10 »	1/2 f.	647 — 48	
131	11 »	1 f.	653 à 56	
132	12 »	3 f.	1/2	661 à 74	
133	13 »	1/2 f.	679 — 80	
134	14 »	1/2 f.	685 — 86	
135	15 »	1/2 f.	691 — 92	
136	16 »	1/2 f.	697 — 98	
137	17 »	1/2 f.	703 — 4	
138	18 »	1 f.	709 à 12	
139	19 »	1/2 f.	717 — 18	
140	20 »	1/2 f.	723 — 24	

NUMÉROS du Moniteur.	DATES.	NOMBRE DES FEUILLES de SUPPLÉMENS.		PAGES des Supplémens ou LEUR TITRE.	OBSERVATIONS ET ERRATA.
141	21 Mai	1 f.		729 à 32	
143	23 »		1/2 f.	741 — 42	
144	24 »		1/2 f.	747 — 48	
145	25 »	1 f.		753 à 56	
147	27 »		1/2 f.	765 — 66	
148	28 »		1/2 f.	771 — 72	
149	29 »	1 f.		A à C	
150	30 »		1/2 f.	781 — 82	
151	31 »		1/2 f.	787 — 88	
152—153	1—2 Juin		1/2 f.	794 — 95	Une feuille pour les deux jours.
154	3 »		1/2 f.	799 —800	
155	4 »		1/2 f.	805 — 6	
156	5 »		1/2 f.	811 — 12	
157	6 »		1/2 f.	817 — 18	
158	7 »		1/2 f.	823 — 24	
159	8 »	1 f.		829 à 32	
160	9 »	2 f. 1/2		837 à 40	A à F.
161	10 »		1/2 f.	845 — 46	
162—163	11—12 »		1/2 f.	851 — 52	Une feuille pour les deux jours.
164	13 »		1/2 f.	857 — 58	
165	14 »		1/2 f.	863 — 64	
166	15 »		1/2 f.	869 — 70	
167	16 »	2	1/2 f.	875 — 76	Une demi-feuille 167 bis, 1-2.
168	17 »		1/2 f.	881 — 82	
169	18 »		1/2 f.	887 — 88	
171	20 »		1/2 f.	897 — 98	
172	21 »		1/2 f.	903 — 4	
173	22 »	1 f.		909 à 12	
174	23 »		1/2 f.	917 — 18	
175	24 »		1/2 f.	923 — 24	
177	26 »		1/2 f.	933 — 34	
178	27 »		1/2 f.	939 — 40	
179	28 »	1 f.		945 à 48	
180	29 »	1 f.		953 à 56	
181	30 »		1/2 f.	961 — 62	
182	1 Juill.		1/2 f.	967 — 68	
183	2 »		1/2 f.	973 — 74	
184	3 »		1/2 f.	979 — 80	
185	4 »		1/2 f.	985 — 86	
186	5 »		1/2 f.	991 — 92	
188	7 »	1 f.		1001 à 4	
189	8 »		1/2 f.	1009 — 10	
190	9 »	1 f.		1015 à 18	
191	10 »		1/2 f.	1023 — 24	
192	11 »		1/2 f.	1029 — 30	
193	12 »		1/2 f.	1035 — 36	
194	13 »		1/2 f.	1041 — 42	
195	14 »	1 f.		1047 à 50	
196	15 »		1/2 f.	1055 — 56	
197	16 »		1/2 f.	1061 — 62	

NUMÉROS du Moniteur.	DATES.	NOMBRE DES FEUILLES de SUPPLÉMENS.	PAGES des Supplémens ou LEUR TITRE.	OBSERVATIONS ET ERRATA.
200	19 Juill.	1 f.	1075 à 78	
201	20 »	1/2 f.	1083 — 84	
203	22 »	1/2 f.	1093 — 94	
214	2 Août	1/2 f.	1139 — 40	
217	5 »	1/2 f.	1153 — 54	
223	11 »	1/2 f.	1175 — 76	
227—228	16—17			Une feuille pour les deux jours.
278	5 Oct.	1/2 f.	bis. 1 — 2	
306—307	2-3 Nov.			Une feuille pour les deux jours.
308	4 »	1/2 f.	bis. 1 — 2	
336	2 Déc.	1/2 f.	1625 — 26	
338	4 »	1/2 f.	1635 — 36	
343	9 »	1/2 f.	1657 — 58	
345	11 »	1 f.	1667 à 70	
355	21 »	1/2 f.	1711 — 12	
357	23 »	1/2 f.	1721 — 22	
359	25 »	1/2 f.	1731 — 32	
360—361	26—27			Une feuille pour les deux jours.
362	28 »		1741 — 42	
	ANNÉE 1822.			
12	12 Janv.	1/2 f.	49 — 50	
20	20 »	1/2 f.	83 — 84	
21	21 »	1/2 f.	1 — 2	
22—23	22—23	1/2 f.	93 — 94	Une feuille pour les deux jours.
24	24 »	1/2 f.	99 —100	
25	25 »	1/2 f.	105 — 6	
26	26 »	1/2 f.	111 — 12	
27	27 »	1/2 f.	117 — 18	
28	28 »	1/2 f.	123 — 24	
29	29 »	1 f. et 2 1/2 f.	129 — 30	A à F.
30	30 »	1/2 f.	135 — 36	
31	31 »	1/2 f.	141 — 42	
32	1 Fév.	1 f.	147 à 50	
33	2 »	1/2 f.	155 — 56	
34	3 »	1/2 f.	161 — 62	
36	5 »	1/2 f.	171 — 72	
37	6 »	1/2 f.	177 — 78	
38	7 »	1/2 f.	183 — 84	
39	8 »	1/2 f.	189 — 90	
40	9 »	1/2 f.	195 — 96	
41	10 »	1/2 f.	201 — 2	
42	11 »	1/2 f.	207 — 8	Le supplément est imprimé n° 41.
43	12 »	1/2 f.	213 — 14	
44	13 »	1 f.	219 à 22	
46	15 »	1 f.	231 à 34	
47	16 »	1/2 f.	239 — 40	

NUMÉROS du Moniteur.	DATES.	NOMBRE DES FEUILLES de SUPPLÉMENS.	PAGES des Supplémens ou LEUR TITRE.	OBSERVATIONS ET ERRATA.
48	17 Fév.		1/2 f.	245 — 46	
49	18 »		1/2 f.	251 — 52	
50	19 »		1/2 f.	257 — 58	
54	23 »		1/2 f.	275 — 76	
57	26 »	2 f.	289 à 92	A à D.
58	27 »	2 f. 1/2	297 à 304 ter.	
59	28 »		1/2 f.	309 — 10	
60	1 Mars		1/2 f.	315 — 16	
61	2 »		1/2 f.	321 — 22	
62	3 »		1/2 f.	327 — 28	
63	4 »		1/2 f.	333 — 34	
65	6 »	1 f.	343 à 46	
66	7 »		1/2 f.	351 — 52	
67	8 »		1/2 f.	357 — 58	
68	9 »	1 f.	363 à 66	
69	10 »		1/2 f.	371 — 72	
72	13 »	1 f.	385 — 86	
73	14 »		1/2 f.	393 — 94	
74	15 »		1/2 f.	399 — 400	
75	16 »		1/2 f.	405 — 6	
77	18 »		1/2 f.	415 — 16	
78	19 »	2 1/2 f.	421 à 24	
79	20 »	2 f. 1/2	429 à 32	A à F.
80	21 »		1/2 f.	437 — 38	
81	22 »	1 f.	443 à 46	
82	23 »		1/2 f.	451 — 52	
83	24 »		1/2 f.	456 bis et ter.	
85	26 »		1/2 f.	465 — 66	
86	27 »		1/2 f.	472 — 73	
88	29 »	1 f.	481 à 84	
89	30 »	1 f.	489 à 92	
90	31 »	1 f.	497 à 500	
91	1 Avril		1/2 f.	505 — 6	
93	3 »	1 f.	515 à 18	
94	4 »		1/2 f.	523 — 24	
95	5 »		1/2 f.	529 — 30	
96	6 »		1/2 f.	535 — 36	
97	7 »	1 f.	541 — 42	
98—99	8—9	3 f. 1/2	549 à 58	A à F, une feuille pour les deux jours.
101	11 »		1/2 f.	567 — 68	
102	12 »	2 f. 1/2	573 à 76	A à F.
104	14 »	1 f.	585 à 88	
105	15 »		1/2 f.	593 — 94	
107	17 »		1/2 f.	603 — 4	
108	18 »		1/2 f.	609 — 10	
110	20 »	1 f.	619 à 22	
113	23 »		1/2 f.	635 — 36	
147—148	27-28 Mai			Une feuille pour les deux jours.
158	7 Juin		1/2 f	811 — 12	
163	12 »		1/2 f.	833 — 34	

NUMÉROS du Moniteur.	DATES.	NOMBRE DES FEUILLES de SUPPLÉMENS.	PAGES des Supplémens ou LEUR TITRE.	OBSERVATIONS ET ERRATA.
167	16 Juin	1/2 f.	851 — 52	
177	26 »	1 f.	893 à 96	
178	27 »	1/2 f.	901 — 2	
179	28 »	1/2 f.	907 — 8	
180	29 »	1/2	913 à 16	La demi-feuille 180 bis, f° 1-2.
181	30 »	1 f.	921 à 24	
182	1 Juil.	1/2 f.	929 — 30	
184	3 »	1/2 f.	939 — 40	
185	4 »	1 f.	945 à 48	
186	5 »	1/2 f.	953 — 54	
187	6 »	1 f.	959 à 62	
188	7 »	2 f. 1/2	967 à 70	A à F.
190	9 »	1/2 f.	977 — 78	
191	10 »	1/2 f.	983 — 84	
192	11 »	1/2 f.	989 — 90	
193	12 »	1 f.	995 à 98	
194	13 »	1/2 f.	1003 — 4	
195	14 »	1/2 f.	1009 — 10	
197	16 »	1 f. 1/2	1019 à 22	A et B.
198	17 »	1/2 f.	1027 — 28	
199	18 »	1/2 f.	1033 — 54	
200	19 »	1/2 f.	1039 — 40	
201	20 »	1/2 f.	1045 — 46	
202	21 »	1/2 f.	1051 — 52	
203	22 »	1/2 f.	1057 — 58	
204	23 »	1/2 f.	1063 — 64	
205	24 »	1 f.	1069 à 72	
206	25 »	1 f.	1077 à 80	
207	26 »	1 f.	1085 à 88	
208	27 »	1/2 f.	1093 — 94	
209	28 »	1 f.	1099 à 1102	
210	29 »	1/2 f.	1107 — 8	
211	30 »	1/2 f.	1113 — 14	
212	31 »	1/2 f.	1119 — 20	
213	1 Août	1 f. 1/2	1125 à 30	
214	2 »	1 f. 1/2	1135 à 38	A et B.
215	3 »	1/2 f.	1143 — 44	
216	4 »	1/2 f.	1149 — 50	
217	5 »	2 1/2 f.	1155 — 56	A et B.
218	6 »	1/2 f.	1161 — 62	
219	7 »	1 f.	1167 à 70	
220	8 »	1/2 f.	1175 — 76	
221	9 »	1/2 f.	1181 — 82	
222	10 »	1/2 f.	1187 — 88	
228—229	16—17			Une feuille pour les deux jours.
230	18 »	1 f. 1/2	1227 à 31	
235	23 »	1 f.	1242—A à D.	
242	30 »	1 f.	1271 à 74	
245	2 Sept.	1/2 f.	1287 — 88	Le supplément est imprimé n° 246.
247	4 »	1/2 f.	1297 — 98	
285	13 Oct.	1/2 f.	1455 — 56	

NUMÉROS du Moniteur.	DATES.	NOMBRE DES FEUILLES de SUPPLÉMENS.	PAGES des Supplémens ou LEUR TITRE.	OBSERVATIONS ET ERRATA.
3o6—3o7	2-3 Nov.			Une feuille pour les deux jours.
358	24 Déc.	1/2 f.	1741 — 42	
36o—361	26—27			Une feuille pour les deux jours.
365	31 »	1/2 f.	1767 — 68	
	ANNÉE **1823.**			
22—23	22-23 Ja.			Une feuille pour les deux jours.
31	31 »	1/2 f.	119 — 20	
42	11 Fév.	1/2 f.	165 — 66	
55	24 »	1/2 f.	219 — 20	
56	25 »	1/2 f.	225 — 26	
57	26 »	1 f.	231 à 34	
63	4 Mars	1/2 f.	259 — 6o	
67	8 »	1/2 f.	277 — 78	
75	16 »	1/2 f.	311 — 12	
80	21 »	1/2 f.	1 — 2	
81	22 »	1/2 f.	337 — 38	
82	23 »	1 f. 1/2	345 à 48	
85	26 »	1/2 f.	359 — 6o	
87	28 »	1/2 f.	369 — 7o	
89	3o »	1/2 f.	379 — 8o	
9o—91	31M. 1A.	1/2 f.	389 — 9o	Une feuille pour les deux jours.
92	2 »	1/2 f.	395 — 96	
93	3 »		401 à 4	
94	4 »	1 f.	4o9 — 1o	
95	5 »	1/2 f.	415 à 18	
96	6 »	1 f.	423 — 24	
97	7 »	1/2 f.	433 à 36	
99	9 »	1 f.	441 — 42	
100	10 »	1/2 f.	447 à 5o	
101	11 »	1 f.	455 — 56	
102	12 »	1/2 f.	461 — 62	
103	13 »	1/2 f.	475 — 76	
106	16 »	1/2 f.	481 — 82	
107	17 »	1/2 f.	487 à 90	
108	18 »	1 f.	495 — 96	
109	19 »	1/2 f.	5o1 — 2	
110	20 »	1/2 f.	5o7 — 8	
111	21 »	1/2 f.	513 — 14	
122	22 »	1/2 f.	519 — 2o	
113	23 »	1/2 f.	525 — 26	
114	24 »	1/2 f.	591 — 92	
13o	10 Mai	1/2 f.	871 — 72	
200	19 Juill.	1/2 f.		
228—229	16-17 Ao			Une feuille pour les deux jours.
3o6—3o7	2-3 Nov.			Une feuille pour les deux jours.
359	25 Déc.	1/2 f.	1497 — 98	
36o—361	26—27			Une feuille pour les deux jours.

NUMÉROS du Moniteur.	DATES.	NOMBRE DES FEUILLES de SUPPLÉMENS.		PAGES des Supplémens ou LEUR TITRE.		OBSERVATIONS ET ERRATA.
	ANNÉE **1824.**					
22—23	22-23 Ja.					Une feuille pour les deux jours.
33	2 Fév.		1/2 f.	129 — 3o		
97	6 Avril	1 f.		387 à 9o		
98	7 »		1/2 f.	395 — 96		
108	17 »		1/2 f.	437 — 38		
109	18 »		1/2 f.	443 — 44		
110—111	19—20		1/2 f.	449 — 5o		Une feuille pour les deux jours.
116	25 »		1/2 f.	471 — 72		
118	27 »	1 f.		481 à 84		
119	28 »	1 f.	1/2	489 à 94		
120	29 »		1/2 f.	499 —5oo		Le suppl. est imprimé n° 118, mardi 27.
121	3o »	1 f.		5o5 à 8		
122	1 Mai	1 f.		513 à 16		
123	2 »		1/2 f.	521 — 22		
124	3 »		1/2 f.	527 — 28		
125	4 »	1 f.		533 à 36		
126	5 »		1/2 f.	541 — 42		
127	6 »	2 f.	1/2	547 à 56		
128	7 »		1/2 f.	561 — 62		
133	12 »	1 f.		583 à 86		
134	13 »	1 f.		591 à 94		
135	14 »		1/2 f.	599 —6oo		
136	15 »	2 f.		6o5 à 12		
137	16 »	1 f.		617 à 2o		
138	17 »		1/2 f.	625 — 26		
142	21 »		1/2 f.	643 — 44		
143	22 »	1 f.		649 à 52		
144	23 »		1/2 f.	657 — 58		
146	25 »		1/2 f.	667 — 68		
147	26 »		1/2 f.	673 — 74		
149—150	28—29	1 f.		683 à 86		Une feuille pour les deux jours.
151	3o »	1 f.		691 à 94		
152	31 »	1 f.		699 à 7o2		
153	1 Juin	2 f.	1/2	7o7 à 16		
155	3 »	1 f.	1/2	723 à 28		
157	5 »	1 f.		737 à 4o		
158	6 »	1 f.		745 à 48		Il y avait un 2e supplément d'indiqué qui n'a pas paru.
159	7 »	1 f.		753 à 56		
160	8 »	1 f.	1/2	761 à 66		
161	9 »		1/2 f.	771 — 72		
162	10 »		1/2 f.	777 — 78		
165	13 »		1/2 f.	791 — 92		
168	16 »	1 f.		8o5 à 8		
169	17 »	1 f.		813 à 16		
170	18 »		1/2 f.	821 — 22		

NUMÉROS du Moniteur.	DATES.	NOMBRE DES FEUILLES de SUPPLÉMENS.	PAGES des Supplémens ou LEUR TITRE.	OBSERVATIONS ET ERRATA.
173	21 Juin	1/2 f.	855 — 56	
174	22 »	1/2 f.	841 — 42	
175	23 »	1/2 f.		N° 175 bis.
180	28 »	1 f.	867 à 70	
181	29 »	2 1/2 f.	875 — 76	La deuxième demi-feuille 181 bis, f° 1-2.
182	30 »	1/2 f.	881 — 82	
184	2 Juill.	1/1 f.	891 — 92	
185	3 »	1/2 f.	897 — 98	
186	4 »	1 f.	903 à 6	
187	5 »	1/2 f.	911 — 12	
189	7 »	1/2 f.	921 — 22	
190	8 »	1/2 f.	927 — 28	
191	9 »	1 f.	933 à 36	
192	10 »	1 f.	941 à 44	
193	11 »	1 f.	949 à 52	
194	12 »	1 f.	957 à 60	
195	13 »	1/2 f.	965 — 66	
196	14 »	1/2 f.	971 — 72	
197	15 »	1 f.	977 à 80	
198	16 »	1 f.	985 à 88	
199	17 »	1 f. 1/2	993 à 96	La demi-feuille porte f° 1-2.
200	18 »	1 f.	1001 à 4	
201	19 »	1 f. 1/2	1009 à 12	La demi-feuille porte f° 1-2.
202	20 »	1/2 f.	1017 — 18	
203	21 »	1/2 f.	1023 — 24	
204	22 »	1/2 f.	1029 — 30	
205	23 »	1 f.	1035 à 38	
206	24 »	1/2 f.	1043 — 44	
218	5 Août	1/2 f.	1093 — 94	
230	17 »	1/2 f.	1 — 2	Imprimé 230 bis.
239—240	26—27	1/2 f.	1177 — 78	Une feuille pour les deux jours.
268—269	24-25 Sep			Une feuille pour les deux jours.
307—308	2-3 Nov.			Une feuille pour les deux jours.
317	12 »	1 f.	1479 à 82	
361—362	26-27 Dé.			Une feuille pour les deux jours.
	ANNÉE **1825**.			
4	4 Janv.	1 f.	17 à 20	
16	16 »	1/2 f.	1 — 2	
22—23	22—23			Une feuille pour les deux jours.
31	31 »	1/2 f.	125 — 26	
36	5 Fév.	1/2 f.	147 — 48	
40	9 »	1/2 f.	165 — 66	
43	12 »	1 f. 1/2	179 à 84	
44	13 »	1/2 f.	188 — 89	
48	17 »	1 f.	205 à 8	
49	18 »	1 f.	213 à 16	

NUMÉROS du Moniteur.	DATES.	NOMBRE DES FEUILLES du SUPPLÉMENS.		PAGES des Supplémens ou LEUR TITRE.	OBSERVATIONS ET ERRATA.
50	19 Fév.	1 f.		221 à 24	
51	20 »	1 f.		229 à 32	
53	22 »		1/2 f.	241 — 42	
54	23 »	1 f.		247 à 50	
55	24 »	1 f.	1/2	255 à 60	
56	25 »	1 f.		265 à 68	
57	26 »	1 f.		273 à 76	
58	27 »	1 f.		281 à 84	
59	28 »		1/2 f.	289 — 90	
61	2 Mars		1/2 f.	299 — 300	
62	3 »	1 f.		305 à 8	
63	4 »		1/2 f.	313 — 14	
64	5 »	1 f.		319 à 22	
65	6 »		1/2 f.	327 — 28	
67	8 »		1/2 f.	337 — 38	
68	9 »		1/2 f.	343 — 44	
69	10 »		1/2 f.	349 — 50	
71	12 »		1/2 f.	359 — 60	
72	13 »	1 f.		365 à 68	
75	16 »		1/2 f.	381 — 82	
76	17 »		1/2 f.	387 — 88	
78	19 »	1 f.		397 à 400	
79	20 »	1 f.		405 à 8	
80	21 »	1 f.		413 à 16	
81	22 »		1/2 f.	421 — 22	
82	23 »		1/2 f.	427 — 28	
83	24 »	1 f.		433 à 36	
84	25 »		1/2 f.	441 — 42	
85	26 »	1 f.		447 à 50	
86	27 »	1 f.		455 à 58	
88	29 »		1/2 f.	467 — 68	
90	31 »		1/2 f.	477 — 78	
92	2 Avril	1 f.		487 à 90	
93	3 »		1/2 f.	495 — 96	
94—95	4—5		1/2 f.	501 — 2	Une feuille pour les deux jours.
96	6 »		1/2 f.	507 — 8	
97	7 »		1/2 f.	513 — 14	
99	9 »		1/2 f.	523 — 24	
101	11 »		1/2 f.	533 — 34	
103	13 »	1 f.		543 à 46	
104	14 »	1 f.		551 à 54	
105	15 »	1 f.		559 à 62	
106	16 »	1 f.	1/2	567 à 72	
107	17 »		1/2 f.	577 — 78	
108	18 »	1 f.		583 à 86	
109	19 »		1/2 f.	591 — 92	
110	20 »	1 f.		597 — 98	
111	21 »	1 f.		605 à 8	
112	22 »	1 f.		613 à 16	
116	26 »		1/2 f.	633 — 34	

NUMÉRO du Moniteur	DATES.	NOMBRE DES FEUILLES de SUPPLÉMENS.		PAGES des Supplémens ou LEUR TITRE.	OBSERVATIONS ET ERRATA.
117	27 Avril	1 f.		629 à 42	
118	28 »	3 f.	1/2	647 à 52	
				et 652 — 1 à 8	
119	29 »		1/2 f.	657 — 58	
120	30 »	1 f.		663 à 66	
121	1 Mai.		1/2 f.	671 — 72	
122	2 »	1 f.		677 — 78	
123	3 »		1/2 f.	685 — 86	
126	6 »	1 f.		699 à 702	
127	7 »	1 f.		707 à 10	
128	8 »	1 f.		715 à 18	
129	9 »		1/2 f.	723 — 24	
130	10 »		1/2 f.	729 — 30	
131	11 »	1 f.		755 à 58	
133	13 »		1/2 f.	747 — 48	
134	14 »		1/2 f.	753 — 54	
135	15 »	1 f.		759 à 62	
137	17 »	1 f.		771 à 74	
138	18 »	1 f.		779 à 82	
139	19 »		1/2 f.	787 — 88	
140	20 »		1/2 f.	793 — 94	
141	21 »		1/2 f.	799 — 800	
143—44	23—24				Une feuille pour les deux jours.
200	19 Juill.		1/2 f.	1063 — 64	
228—29	16—17				Une feuille pour les deux jours.
237	25 »	1 f.	1/2	1209 à 14	
260—61	17-18 Sep				Une feuille pour les deux jours. Imprimé 17-18 août.
263	20 »	1 f.		1 à 4	
283	10 Oct.		1/2 f.	1395 — 96	
306—7	1-2 Nov.				Une feuille pour les deux jours.
312	8 »				Imprimé 8 octobre. La pagination saute de 860 à 893, mais il n'y a pas de lacune.
32	20 »		1/2 f.	1555 — 56	
360—61	26-27 Dé.		1/2 f.	1701 — 2	Une feuille pour les deux jours.
362	28 »		1/2 f.	1707 — 8	

ANNÉE 1826.

NUMÉRO du Moniteur	DATES.	NOMBRE DES FEUILLES de SUPPLÉMENS.		PAGES des Supplémens ou LEUR TITRE.	OBSERVATIONS ET ERRATA.
3	3 Janv.				Imprimé mercredi au lieu de mardi.
6	6 »	2	1/2 f.	bis — ter.	Deux demi-feuilles.
31	31 »		1/2 f.	123 — 24	
43	12 Fév.		1/2 f.	173 — 74	
44	13 »		1/2 f.	179 — 80	
43	22 »	1 f.		217 à 20	
59	28 »		1/2 f.	245 — 46	
67	8 Mars	1 f.		279 à 82	
68	9 »	1 f.		287 à 90	

NUMÉROS du Moniteur.	DATES.	NOMBRE DES FEUILLES de SUPPLÉMENS.		PAGES des Suppléments ou LEUR TITRE.		OBSERVATIONS ET ERRATA.
69	10 Fév.	1 f.		295 à 98		
70	11 »		1/2 f.	303 — 4		
71	12 »	1 f.		309 à 12		
72	13 »		1/2 f.	317 — 18		
73	14 »		1/2 f.	323 — 24		
74	15 »	1 f.		329 à 32		
75	16 »	1 f.		337 à 40		
76	17 »	1 f.	1/2	345 à 50		
85	26 »		1/2 f.	387 — 88		
86—87	27—28		1/2 f.	393 — 94		Une feuille pour les deux jours.
89	30 »	1 f.		403 à 6		
90	31 »		1/2 f.	411 — 12		
91	1 Avril		1/2 f.	417 — 18		
94	4 »	1 f.		431 à 34		
95	5 »	1 f.		439 à 42		
96	6 »	1 f.	1/2	447 à 52		
97	7 »	1 f.	1/2	457 à 62		
98	8 »	1 f.	1/2	467 à 72		
99	9 »	1 f. et 2 1/2 f.		477 à 82, 1—2		Deux demi-feuilles.
100	10 »	1 f.		487 à 90		
101	11 »		1/2 f.	495 — 96		
102	12 »	1 f.		501 à 4		
103	13 »		1/2 f.	509 — 10		
104	14 »	1 f.		515 à 18		
105	15 »		1/2 f.	523 — 24		
106	16 »	1 f.		529 à 32		
107	17 »	1 f.		537 à 40		
109	19 »		1/2 f.	549 — 50		
110	20 »	1 f.		555 à 58		
111	21 »	1 f.		563 à 66		
112	22 »	1 f.		571 à 74		Le suppl. est impr. vendr. au lieu de sam.
113	23 »	1 f.		579 à 82		
114	24 »		1/2 f.	587 — 88		
115	25 »		1/2 f.	593 — 94		
116	26 »	1 f.		599 à 602		
117	27 »	2	1/2 f.	607 — 8		La seconde demi-feuille porte fe 1-2.
118	28 »	1 f.		613 à 16		
119	29 »		1/2 f.	621 — 22		
120	30 »	1 f.		627 à 30		
121	1 Mai		1/2 f.	635 — 36		
122	2 »	3 f.		1 à 12		
123	3 »	1 f.		645 à 48		
126	6 »		1/2 f.	659 — 60		
127	7 »	1 f.		665 — 66		
130	10 »	1 f.		681 à 84		
131	11 »	1 f.		689 à 92		
132	12 »	1 f.		697 à 700		
133	13 »	1 f.		705 à 8		La feuille et le supplément portent n° 123 au lieu de 133.
134	14 »	1 f.	1/2	713 à 18		

NUMÉROS du Moniteur.	DATES.	NOMBRE DES FEUILLES de SUPPLÉMENS.	PAGES des Supplémens ou LEUR TITRE.	OBSERVATIONS ET ERRATA.
135—136	15-16 Mai	2 f.	723 à 36	Une feuille pour les deux jours.
137	17 »	1 f.	735 à 38	
138	18 »	1 f.	743 à 46	
139	19 »	1 f. et 2 1/2 f.	751 à 56	La seconde demi-feuille imp. 13g bis, f° 1-1.
140	20 »	1 f. 1/2	761 à 66	
141	21 »	1 f. 1/2	771 à 76	
143	23 »	1/2 f.	785 — 85	
144	24 »	1 f.	791 à 94	
145	25 »	1/2 f.	799 —800	
146	26 »	1/2 f.	805 — 6	
148	28 »	1 f.	815 à 18	
149	29 »	1/2 f.	823 — 24	Le supp. est imp. samedi au lieu de lundi.
150	30 »	1/2 f.	829 — 30	
151	31 »	1 f.	835 à 38	
152	1 Juin	1 f.	843 à 46	
153	2 »	1 f.	851 à 54	
154	3 »	1/2 f.	859 — 60	
155	4 »	1 f.	865 à 68	
156	5 »	1 f.	873 à 76	
158	7 »	1 f.	885 à 88	
159	8 »	1/2 f.	893 — 94	
160	9 »	1/2 f.	899 —900	
162	11 »	1/2 f.	909 — 10	
165	14 »	1/2 f.	923 — 24	
166	15 »	1/2 f.	929 — 30	
167	16 »	1 f.	935 à 38	
169	18 »	1/2 f.	947 — 48	
184	3 Juill.	1/2 f.	1009 — 10	
188	7 »	1/2 f.	1027 — 28	
202	21 »	1/2 f.	1085 — 86	
225	23 Août	1/2 f.	1179 — 80	
228—229	16—17			Une feuille pour les deux jours.
255	12 Sept.	1/2 f.	1297 — 98	
306—307	2-3 Nov.			Une feuille pour les deux jours.
360—361	26-27 Dé.			Une feuille pour les deux jours.
364	30 »	1 f.	1727 à 30	
	ANNÉE 1827.			
4	4 Janv.	1/2 f.	17 — 18	
14	14 »	1/2 f.	59 — 60	
20	20 »	1/2 f.	85 — 86	
21—22	21—22			Une feuille pour les deux jours.
24	24 »	1/2 f.	99 —100	
25	25 »	1/2 f.	105 — 6	
28	26 »	1/2 f.	111 — 12	
28	28 »	1/2 f.	121 — 22	
31	31 »	1/2 f.	135 — 36	

NUMÉROS du Moniteur.	DATES.	NOMBRE DES FEUILLES de SUPPLÉMENS.		PAGES des Supplémens ou LEUR TITRE.	OBSERVATIONS ET ERRATA.
32	1 Fév.	1 f.		141 à 44	
33	2 »	1 f.		149 à 52	
34	3 »	1 f.		157 à 60	
35	4 »	1 f.		165 à 68	
37	6 »	1 f.		175 à 78	
38	7 »		1/2 f.	183 — 84	
39	8 »		1/2 f.	189 — 90	
42	11 »	1 f.		203 à 6	
44	13 »	1 f.		213 à 16	
45	14 »	1 f.		221 à 24	
46	15 »	1 f.		229 à 32	
47	16 »	1 f.		237 à 40	
48	17 »	2 f.		245 à 52	
49	18 »	1 f.		257 à 60	
52	21 »		1/2 f.	273 — 74	
53	22 »	1 f.		279 à 82	
55	24 »		1/2 f.	291 — 92	
59	28 »		1/2 f.	309 — 10	
60	1 Mars		1/2 f.	315 — 16	
61	2 »		1/2 f.	321 — 22	
62	3 »	1 f.		327 à 30	
63	4 »		1/2 f.	335 — 36	
66	7 »	1 f.		349 à 52	
67	8 »		1/2 f.	357 — 58	
68	9 »	1 f.		363 à 66	
70	11 »	1 f.		375 à 78	
71	12 »		1/2 f.	383 — 84	Le supplément est imprimé nº 74.
72	13 »	1 f.	1/2	1 à 6	
73	14 »		1/2 f.	593 — 94	
75	16 »	1 f.		403 à 6	
78	19 »		1/2 f.	419 — 20	
79	20 »	1 f. et 2 1/2 f.		425 — 26	Fº 1 à 6.
80	21 »	1 f.	1/2	431 — 32	Le 2º supplément d'une feuille, fº 1 à 4.
81	22 »	1 f.		437 à 40	
84	25 »		1/2 f.	453 — 54	
85	26 »		1/2 f.	459 — 60	
87	28 »		1/2 f.	469 — 70	
88	29 »		1/2 f.	475 — 76	
89	30 »	1 f.		481 à 84	
90	31 »	1 f.		489 à 92	
91	1 Avril	1 f.		497 à 500	
92	2 »		1/2 f.	505 — 6	
93	3 »		1/2 f.	511 — 12	
94	4 »	1 f.		517 à 20	Imprimé 417 à 420, au lieu de 517 à 520.
95	5 »	2 f.		525 à 32	
96	6 »	1 f.	1/2	557 à 42	
97	7 »	1 f.		547 à 50	
98	8 »	1 f.		555 à 58	
99	9 »		1/2 f.	563 — 64	
100	10 »	1 f.		569 à 72	

NUMÉROS du Moniteur.	DATES.	NOMBRE DES FEUILLES de SUPLÉMENS.	PAGES des Supplémens ou LEUR TITRE.	OBSERVATIONS ET ERRATA.
101	11 Avril	1 f.	577 à 80	
102	12 »	1 f.	585 à 88	
103	13 »	1/2 f.	593 — 94	
106—107	16—17	1/2 f.	607 — 8	Une feuille pour les deux jours.
108	18 »	1/2 f.	613 — 14	
109	19 »	1 f.	619 à 22	
110	20 »	3 f.	627 à 30	Les supplémens 2e et 3e, fe 1 à 8.
111	21 »	1 f.	635 à 38	
112	22 »	1 f. 1/2	643 à 48	
113	23 »	1/2 f.	653 — 54	
114	24 »	1 f.	659 à 62	
115	25 »	1 f.	667 à 70	
116	26 »	1/2 f.	675 — 76	
117	27 »	1/2 f.	681 — 82	
118	28 »	1 f.	687 à 90	
119	29 »	3 f. 1/2	695 — 96	Les 2e, 3e et 4e supplémens, fe 1 à 12.
124	4 Mai	1/2 f.	715 — 16	
126	6 »	1/2 f.	725 — 26	
128	8 »	1/2 f.	735 — 36	
129	9 »	1 f.	741 à 44	
130	10 »	1 f.	749 à 52	
131	11 »	1 f.	757 à 60	
132	12 »	1/2 f.	765 — 66	
133	13 »	1 f.	771 à 74	
136	16 »	1 f.	787 à 90	
137	17 »	1 f.	795 à 98	
138	18 »	2 f.	803 à 10	
139	19 »	1 f.	815 à 18	
140	20 »	1 f.	823 à 26	
141	21 »	1 f. 1/2	831 à 36	
142	22 »	1/2 f.	841 — 42	
143	23 »	1/2 f.	847 — 48	
144	24 »	3 f.	853 à 56	Les 2e et 3e supplémens, fe 1 à 8.
145—146	25—26	1 f.	861 à 64	Une feuille pour les deux jours.
147	27 »	1 f.	869 à 72	
150	30 »	1/2 f.	885 — 86	
152	1 Juin	1/2 f.	895 — 96	
153	2 »	1/2 f.	901 — 2	
172	21 »	1/2 f.	977 — 78	
173	22 »	1/2 f.	983 — 84	
214	2 Août	1/2 f.	1147 — 48	
228—229	16—17			Une feuille pour les deux jours.
301	28 Oct.	1 f.	1495 à 98	
306—307	2-3 Nov.			Une feuille pour les deux jours.
310	6 »	1/2 f.	1531 — 32	
319	15 »	4 f. 1/2	1569 à 86	
343	9 Déc.	1/2 f.	1 — 2	
360—361	26—27			Une feuille pour les deux jours.

NUMÉROS du Moniteur.	DATES.	NOMBRE DES FEUILLES de SUPPLÉMENS.		PAGES des Supplémens ou LEUR TITRE.	OBSERVATIONS ET ERRATA.
	ANNÉE 1828.				
33	2 Fév.		1/2 f.	131 — 32	
44	13 »		1/2 f.	177 — 78	
45	14 »		1/2 f.	183 — 84	
47	16 »		1/2 f.	193 — 94	
48	17 »		1/2 f.	199 —200	
51	20 »		1/2 f.	213 — 14	
52	21 »		1/2 f.	219 — 20	
73	15 Mars		1/2 f.	305 — 6	
78	18 »		1/2 f.	327 — 28	
83	23 »		1/2 f.	349 — 50	
86	26 »		1/2 f.	365 — 64	
90	30 »	1 f.		381 à 84	
96	5 Avril		1/2 f.	409 — 10	
97	6 »		1/2 f.	415 — 16	
98—99	7—8				Une feuille pour les deux jours.
101	10 »		1/2 f.	427 — 28	
102	11 »		1/2 f.	433 — 34	
104	13 »		1/2 f.	443 — 44	
105	14 »		1/2 f.	449 — 50	
109	18 »		1/2 f.	467 — 68	
111	20 »		1/2 f.	477 — 78	
112	21 »		1/2 f.	481 — 82	
118	27 »	1 f.		507 à 10	
119	28 »		1/2 f.	515 — 16	
120	29 »	1 f.		521 à 24	
121	30 »	1 f.		529 à 32	
122	1 Mai	1 f.	1/2	537 à 42	
123	2 »	1 f.	1/2	547 à 52	
124	3 »	1 f.		557 à 60	Le supplément est imprimé 4 mai.
125	4 »	1 f.		555 à 68	
126	5 »	1 f.		573 à 76	
127	6 »		1/2 f.	581 — 82	
128	7 »	1 f.		587 à 90	
129	8 »	1 f.		595 à 98	
130	9 »	1 f.		603 à 6	
132	11 »	1 f.		615 à 18	
135	14 »	1 f.		631 à 34	
136	15 »		1/2 f.	639 — 40	
138	17 »	1 f.		649 à 52	
139	18 »	1 f.		657 à 60	
140	19 »		1/2 f.	665 — 66	
141	20 »		1/2 f.	671 — 72	
142	21 »		1/2 f.	677 — 78	
143	22 »	2 f.		683 à 86	Le deuxième supplément, f° 1 à 4.
145	24 »	1 f.	1/2	695 à 700	
146	25 »	1 f.	1/2	705 à 10	

NUMÉROS du Moniteur.	DATES.	NOMBRE DES FEUILLES de SUPPLÉMENS.	PAGES des Supplémens ou LEUR TITRE.	OBSERVATIONS ET ERRATA.
147—148	26-27 Mai	1/2 f.	715 — 16	Une feuille pour les deux jours. Le supplément est imprimé n°° 47 et 48.
149	28 »	1 f. 1/2	721 à 26	
150	29 »	3 f.	731 à 34	Les 2° et 3° supplémens, f° 1 à 8.
151	30 »	1 f.	739 à 42	
152	31 »	1 f.	747 à 50	
153	1 Juin	1 f. et 2 1/2 f.	755 à 60	La deuxième demi-feuille, f° 1-2.
155	3 »	1 f.	769 à 72	
156	4 »	1 f.	777 à 80	Le supplément est imprimé 1er, il n'y en a pas eu d'autres.
157	5 »	1 f. 1/2	785 à 90	
158	6 »	1 f.	795 à 98	
159	7 »	1/2 f.	805 — 4	
160	8 »	1 f.	809 à 12	
161	9 »	1/2 f.	817 — 18	
164	12 »	1 f. 1/2	831 à 36	
165	13 »	1 f.	841 à 44	
166	14 »	1 f. 1/2	849 à 54	
167	15 »	1 f.	859 à 62	
169	17 »	1/2 f.	869 — 70	
170	18 »	1 f. 1/2	875 à 80	
171	19 »	4 f.	885 à 88	Les supplémens 2°, 3° et 4°, f° 1 à 12.
172	20 »	1 f.	893 à 96	
173	21 »	1 f. 1/2	901 à 6	
174	22 »	2 f.	911 à 18	
175	23 »	1 f.	923 à 26	
176	24 »	1 f.	931 à 34	
177	25 »	1 f. 1/2	939 à 44	
178	26 »	2 f.	949 à 56	
179	27 »	1 f. 1/2	961 à 66	
180	28 »	1 f.	971 à 74	
181	29 »	1 f.	979 à 82	
182	30 »	1/2 f.	987 — 88	
183	1 Juil.	1 f. 1/2	993 à 96	Le 2° supplément, bis, f° 1—2.
184	2 »	1 f.	1001 à 4	
185	3 »	1/2 f.	1009 — 10	
186	4 »	1 f.	1015 à 18	
187	5 »	1 f.	1023 à 26	
188	6 »	1 f. 1/2	1031 à 36	
189	7 »	1 f.	1041 à 44	
190	8 »	1/2 f.	1049 — 50	
191	9 »	1 f.	1055 à 58	
192	10 »	2 f.	1063 à 70	
193	11 »	2 f.	1075 à 82	
194	12 »	2 f.	1087 à 94	
195	13 »	2 f.	1099 à 1106	
196	14 »	1 f.	1111 à 14	Le supplément est imprimé 1er, il n'y en a pas eu d'autres.
197	15 »	1 f.	1119 à 22	
198	16 »	1 f.	1127 à 30	

NUMÉROS du Moniteur.	DATES.	NOMBRE DES FEUILLES de SUPPLÉMENS.	PAGES des Supplémens ou LEUR TITRE.	OBSERVATIONS ET ERRATA.
199	17 Juill.	1 f.	1135 à 38	
200	18 »	1 f.	1143 à 46	
201	19 »	2 f.	1151 à 58	
202	20 »	1 f. 1/2	1163 à 68	
203	21 »	1/2 f.	1173 — 74	
204	22 »	1 f.	1179 à 82	
205	23 »	1 f.	1187 à 90	
206	24 »	2 f.	1195 à 1202	
207	25 »	4 f. et 2 1/2 f.	1207 à 12	Les supplémens 3 à 5, f° 1 à 10.
208	26 »	1 f.	1217 à 20	
209	27 »	1 f. 1/2	1225 à 30	
212	30 »	1 f.	1243 à 46	
213	31 »	1 f. 1/2	1251 à 56	
214	1 Août	2 f.	1261 à 68	
215	2 »	1 f.	1273 à 76	
216	3 »	1 f.	1281 à 84	Le supplément est imprimé 1er, il n'y en a pas en d'autres.
217	4 »	1 f.	1289 à 92	Une feuille pour les deux jours.
229—30	16—17		1349 — 56	
232	19 »		1/2 f.	1349 — 56	
261	17 Sept.	1 f. 1/2	1467 à 72	
280	6 Oct.	1 f.	1549 à 52	
283	9 »	1/2 f.	1 — 2	
334	29 Nov.			Imprimé dimanche, pour samedi.
361—362	26-27 Dé.			Une feuille pour les deux jours.
	ANNÉE 1829.			
22—23	22-23 Ja.			Une feuille pour les deux jours.
24	24 »	3 f.	95 à 104	
37	6 Fév.	1/2 f.	157 — 58	
41	10 »	2 f.	175 à 82	
47	16 »	1 f. 1/2	207 à 18	
51	20 »	1 f.	229 à 32	
63	4 Mars			Imprimé 4 février.
67	8 »	1 f.	297 à 300	
68	9 »	1/2 f.	305 — 6	
69	10 »	1 f.	311 à 14	
71	12 »	1/2 f.	325 — 24	
72	13 »	1 f.	329 à 32	
73	14 »	1 f.	337 à 40	
74	15 »	1 f.	345 à 48	
75	16 »	1/2 f.	353 — 54	
77	18 »	1 f.	563 à 66	
78	19 »	1/2 f.	571 — 72	
79	20 »	1 f. 1/2	377 à 82	
80	21 »	1 f. 1/2	387 à 92	
86	27 »	1/2 f.	417 — 18	
90	31 »	1/2 f.	435 — 36	

NUMÉROS du Moniteur	DATES.	NOMBRE DES FEUILLES de SUPPLÉMENS.		PAGES des Supplémens ou LEUR TITRE.	OBSERVATIONS ET ERRATA.
91	1 Avril	1 f. 1/2		441 à 46	
92	2 »	1 f.		451 à 54	
93	3 »	1 f.		459 à 62	
94	4 »	1 f. 1/2		467 à 72	
95	5 »	1 f.		477 à 80	
96	6 »	1 f.		485 à 88	
97	7 »	1 f.		493 à 96	
98	8 »	2 f.		501 à 8	
99	9 »	1 f.		513 à 16	
101	11 »		1/2 f.	525 — 26	
102	12 »		1/2 f.	531 — 32	
103	13 »		1/2 f.	537 — 38	
104	14 »		1/2 f.	543 — 44	
105	15 »	1 f.		549 à 52	
109	19 »	1 f.		569 à 72	
110—111	20—21	1 f. 1/2		577 à 82	Une feuille pour les deux jours.
112	22 »	1 f. 1/2		587 à 92	
113	23 »	1 f. 1/2		597 à 602	
114	24 »	1 f.		607 à 10	
115	25 »	1 f. 1/2		615 à 20	
116	26 »	1 f.		625 à 28	
118	28 »	1 f.		637 à 40	
119	29 »		1/2 f.	645 — 46	
120	30 »		1/2 f.	651 — 52	
121	1 Mai.		1/2 f.	657 — 58	
124	4 »	1 f.		671 à 74	
125	5 »	1 f.		679 à 82	
126	6 »	1 f. 1/2		687 à 92	
127	7 »		1/2 f.	697 — 98	
128	8 »		1/2 f.	703 — 4	
129	9 »		1/2 f.	709 — 10	
130	10 »	1 f.		715 à 18	
131	11 »	1 f.		723 à 26	
132	12 »	1 f. 1/2		1 à 6	
133	13 »	1 f.		735 à 38	
135	15 »	1 f.		747 à 56	
136	16 »	1 f. 1/2		755 à 60	
137	17 »	1 f. 1/2		765 à 70	
138	18 »		1/2 f.	775 — 76	
139	19 »	1 f.		781 à 84	
140	20 »	1 f. 1/2		789 à 94	
141	21 »	2 f.		799 à 812	Le deuxième supplément, f° 1 à 4.
142	22 »	1 f. 1/2		807 à 812	
143	23 »	1 f.		817 à 20	
144	24 »		1/2 f.	825 — 26	
145	25 »	1 f.		831 à 34	
148	28 »	1 f.		847 à 50	
149—150	29—30	1 f. 1/2		855 à 60	Une feuille pour les deux jours.
151	31 »	3 f.		865 à 68	Les 1er et 2e supplémens, f° 1 à 8.
152	1 Juin		1/2 f.	873 — 74	

NUMÉROS du Moniteur.	DATES.	NOMBRE DES FEUILLES de SUPPLÉMENS.	PAGES des Supplémens ou LEUR TITRE.	OBSERVATIONS ET ERRATA.
153	2 Juin	1 f. 1/2	879 à 84	
154	3 »	2 f.	889 à 96	
155	4 »	2 f.	901 à 8	
156	5 »	2 f.	913 à 20	
157	6 »	2 f.	925 à 32	
158	7 »	2 f.	937 à 44	
160	9 »	1 f.	953 à 56	
161	10 »	2 f.	961 à 68	
162	11 »	2 f.	973 à 80	
163	12 »	2 f.	985 à 92	
164	13 »	2 f.	997 à 1004	
165	14 »	1 f.	1009 à 12	
166	15 »	1/2 f.	1017 — 18	
167	16 »	1 f. 1/2	1023 à 28	
168	17 »	2 f.	1033 à 40	
169	18 »	2 f.	1045 à 52	
170	19 »	2 f.	1057 à 64	
171	20 »	2 f.	1069 à 76	
172	21 »	1 f. 1/2	1081 à 86	
173	22 »	1/2 f.	1091 — 92	
174	23 »	1 f.	1097 à 1100	
175	24 »	2 f.	1105 à 12	
176	25 »	2 f.	1117 à 24	
177	26 »	1 f.	1129 à 32	
178	27 »	1 f.	1137 à 40	
179	28 »	1 f.	1145 à 48	
180	29 »	1/2 f.	1153 — 54	
182	1 Juill.	1 f. 1/2	1163 à 68	
183	2 »	1 f. 1/2	1173 à 78	
184	3 »	1/2 f.	1183 — 84	
185	4 »	1/2 f.	1189 — 90	
186	5 »	1 f.	1195 à 98	
187	6 »	1/2 f.	1203 — 4	
188	7 »	1 f.	1209 à 12	
189	8 »	1 f.	1217 à 20	
190	9 »	1 f.	1225 à 28	
191	10 »	1/2 f.	1233 — 34	
192	11 »	1 f. 1/2	1239 à 44	
193	12 »	2 f.	1249 à 56	
194	13 »	1/2 f.	1261 — 62	
195	14 »	1 f.	1267 à 70	
196	15 »	1 f. 1/2	1275 à 80	
197	16 »	1 f.	1285 à 88	
198	17 »	1 f. 1/2	1293 à 98	
209	28 »	1 f. 1/2	1343 à 46	Le deuxième supplément, f⁰ 1-2.
212	31 »	1/2 f.	1359 — 60	
213	1 Août	1/2 f.	1365 à 68	
220	8 »	1/2 f.	1393 — 94	
228—229	16—17			Une feuille pour les deux jours.
304	31 Oct.			Imprimé 299.

NUMÉROS du Moniteur.	DATES.	NOMBRE DES FEUILLES de SUPPLÉMENS.	PAGES des Supplémens ou LEUR TITRE.	OBSERVATIONS ET ERRATA.
306—307	2-3 Nov.			Une feuille pour les deux jours.
360—361	26-27 Dé.			Idem.
	ANNÉE 1830.			
22—23	22-23 Ja.			Une feuille pour les deux jours.
34	3 Fév.	1/2 f.	33 — 34	
102—103	12-13 Av.			Une feuille pour les deux jours.
104	14 »	15 f. 1/2	1 à 62	Le 7e supplément est répété deux fois; le premier commence à la page 25.
151—152	31 Mai			Une feuille pour les deux jours.
	1 Juin			
210—211	29-30 Juil			Une demi-feuille pour les deux jours.
218	6 Août	1 f.	853 à 56	
219	7 »	1/2 f.	861 — 62	
220	8 »	1 f. 1/2	867 à 72	
223	11 »	1/2 f.	885 — 86	
224	12 »	1/2 f.	891 — 92	
225	13 »	1/2 f.	897 — 98	
230	18 »	1 f.	917 à 20	
231	19 »	1/2 f.	925 — 26	
232	20 »	1 f.	931 à 34	
233	21 »	1/2 f.	939 — 40	
236	24 »	1 f.	953 à 56	
237	25 »	1/2 f.	961 — 62	
238	26 »	1 f.	967 à 70	
239	27 »	1/2 f.	975 — 76	
240	28 »	1 f.	981 à 84	
243	31 »	1 f. 1/2	997 à 102	
244	1 Sept.	1/2 f.	1007 — 8	
245	2 »	1/2 f.	1013 — 14	
246	3 »	1/2 f.	1019 — 20	
247	4 »	1/2 f.	1025 — 26	
248	5 »	1/2 f.	1031 — 32	
249	6 »	1/2 f.	1037 — 38	
250	7 »	1 f.	1043 à 46	
251	8 »	1 f.	1051 à 54	
252	9 »	1/2 f.	1059 — 60	
255	12 »	1/2 f.	1073 — 74	
256	13 »	1/2 f.	1079 — 80	
257	14 »	1 f.	1085 à 88	
258	15 »	1 f.	1093 à 96	
259	16 »	1 f.	1101 à 4	
261	18 »	1 f.	1113 à 16	
262	19 »	1 f.	1121 à 24	
263	20 »	1/2 f.	1129 — 30	
267	24 »	1 f.	1147 à 50	
268	25 »	1 f.	1155 à 58	
269	26 »	1/2 f.	1163 — 64	

NUMÉROS du Moniteur.	DATES.	NOMBRE DES FEUILLES de SUPPLÉMENS.	PAGES des Supplémens ou LEUR TITRE.	OBSERVATIONS ET ERRATA.
270	27 Sept.	1/2 f.	1169 — 70	
271	28 »	1 f. 1/2	1175 à 80	
272	29 »	1/2 f.	1185 — 86	
273	30 »	1/2 f.	1191 — 92	
274	1 Oct.	1 f. 1/2	1197 à 1202	
275	2 »	1 f.	1207 à 10	
276	3 »	1 f. 1/2	1215 à 20	
277	4 »	1/2 f.	1225 — 26	
278	5 »	1 f.	1231 à 34	
279	6 »	2 f.	1239 à 46	
280	7 »	2 f.	1251 à 58	
281	8 »	1 f.	1263 à 68	
282	9 »	1 f. 1/2	1271 à 76	
283	10 »	1 f.	1281 à 84	
285	12 »	1/2 f.	1293 — 94	
290	17 »	1/2 f.	2315 — 16	
311	7 Nov.	3 f.	1401 à 14	
312	8 »	1/2 f.	1419 — 20	
313	9 »	1/2 f.	1425 — 26	
314	10 »	1 f.	1431 à 34	
315	11 »	1 f.	1439 à 42	
316	12 »	1/2 f.	1447 — 48	
317	13 »	1/2 f.	1453 — 54	
318	14 »	1 f. 1/2	1459 à 64	
319	15 »	1/2 f.	1469 — 70	
320	16 »	1 f.	1475 à 78	
321	17 »	1 f.	1483 à 86	
322	18 »	1 f. 1/2	1491 à 96	
323	19 »	1 f.	1501 à 4	
324	20 »	1 f.	1509 à 12	
325	21 »	1 f.	1517 à 20	
326	22 »	1/2	1525 — 26	
327	23 »	1 f. 1/2	1531 à 36	
328	24 »	2 f.	1541 à 48	
329	25 »	1 f.	1553 à 56	
330	26 »	1 f.	1561 à 64	
331	27 »	1 f.	1569 à 72	
332	28 »	1 f.	1577 à 80	
334	30 »	1/2 f.	1589 — 90	
335	1 Déc.	1/2 f.	1595 — 96	
336	2 »	1/2 f.	1601 — 2	
337	3 »	1 f.	1607 à 10	
338	4 »	3 f.	1615 à 18	Les supplémens A—B, f 1 à 8.
339	5 »	1 f.	1623 à 26	
340	6 »	1 f.	1631 à 34	
341	7 »	1 f.	1639 à 42	
342	8 »	1 f.	1647 à 50	
343	9 »	2 f.	1655 à 62	
344	10 »	1/2 f.	1667 — 68	
345	11 »	2 f.	1673 à 80	

NUMÉROS du Moniteur.	DATES.	NOMBRE DES FEUILLES de SUPPLÉMENS.		PAGES des Supplémens ou LEUR TITRE.		OBSERVATIONS ET ERRATA.
346	12 Déc.	1 f.		1685	à 88	
347	13 »	1 f.		1693	à 96	
348	14 »	1 f.		1701	à 4	
349	15 »	1 f.	1/2	1709	à 14	
350	16 »	1 f.	1/2	1719	à 24	
351	17 »	2 f.		1729	à 36	
352	18 »	1 f.	1/2	1741	à 46	
353	19 »	5 f.		1751	à 70	
355	21 »	3 f.		1779	à 90	
357	23 »		1/2 f.	1799—1800		
358	24 »	1 f.		1805	à 8	
359	25 »		1/2 f.	1813 — 14		
360	26 »		1/2 f.	1819 — 20		
362	28 »		1/2 f.	1829 — 30		
363	29 »	1 f.		1835	à 38	
364	30 »	1 f.	1/2	1843	à 48	
365	31 »	1 f.		1853	à 56	
	ANNÉE 1831.					
2	2 Janv.		1/2 f.	9 — 10		
3	3 »					Imprimé 1830.
5	5 »		1/2 f.	23 — 24		
6	6 »		1/2 f.	29 — 30		
7	7 »		1/2 f.	35 — 36		
8	8 »	1 f.		41	à 44	
9	9 »	1 f.		49	à 52	
10	10 »		1/2 f.	57 — 58		
11	11 »		1/2 f.	63 — 64		
12	12 »	1 f.		69	à 72	
13	13 »	1 f.		77	à 80	
14	14 »	1 f.		85	à 88	
15	15 »	1 f.		93	à 96	
16	16 »	1 f.		101	à 4	
17	17 »	1 f.		109	à 12	
19	19 »	1 f.		121	à 24	
20	20 »	1 f.		129	à 32	
21	21 »	1 f.	1/2	137	à 42	
22	22 »	1 f.		147	à 50	
23	23 »	1 f.		155	à 58	
24	24 »	1 f.		163	à 66	
26	26 »		1/2 f	175 — 76		
27	27 »		1/2 f.	181 — 82		
28	28 »		1/2 f.	187 — 88		
29	29 »	1 f.		193	à 96	
30	30 »	1 f.		201	à 4	
31	31 »		1/2 f.	209 — 10		
32	1 Fév.	1 f.		215	à 18	

NUMÉROS du Moniteur.	DATES.	NOMBRE DES FEUILLES de SUPPLÉMENS.		PAGES des Supplémens ou LEUR TITRE.	OBSERVATIONS ET ERRATA.
33	2 Fév.		1|2 f.	223 — 24	
34	3 »	1 f.		229 à 32	Le n° est imprimé lundi au lieu de jeudi.
35	4 »	1 f.		237 à 40	
36	5 »	1 f.		245 à 48	
37	6 »		1|2 f.	253 — 54	
38	7 »		1|2 f.	259 — 60	
39	8 »		1|2 f.	265 — 66	
40	9 »	1 f.		271 à 74	
41	10 »	1 f.		279 à 82	
42	11 »	1 f.		287 à 90	
43	12 »	1 f.		295 à 98	
44	13 »	1 f.		303 à 6	
45	14 »		1|2 f.	311 — 12	
47	16 »		1|2 f.	321 — 22	
49	18 »	1 f.		331 à 34	
50	19 »	1 f.		339 à 42	
51	20 »	1 f.		347 à 50	
52	21 »	1 f.		355 à 58	
53	22 »	3 f.		363 à 66	Les 2° et 3° supplémens, f° 1 à 8.
54	23 »	2 f.		371 à 78	
55	24 »	1 f.		383 à 86	
56	25 »	1 f.		391 à 94	
57	26 »	2 f.		399 à 406	
58	27 »	1 f.		411 à 14	
59	28 »	1 f.		419 à 22	
60	1 Mars	1 f.		427 à 30	
61	2 »	1 f.	1|2	435 à 40	
62	3 »	2 f.		445 à 52	
63	4 »	1 f.		457 à 60	
64	5 »	2 f.		465 à 72	
65	6 »	1 f.	1|2	477 à 82	Imprimé année 1830.
67	8 »		1|2 f.	491 — 92	
68	9 »	1 f.		497 à 500	
69	10 »	1 f.		505 à 8	
70	11 »	1 f.		513 à 16	
71	12 »	1 f.		521 à 24	
72	13 »	1 f.	1|2	529 à 34 ter.	
75	16 »	1 f.		545 à 48	
76	17 »	1 f.	1|2	553 à 58	
77	18 »		1|2 f.	563 — 64	
78	19 »		1|2 f.	569 — 70	
79	20 »		1|2 f.	575 — 76	
80	21 »		1|2 f.	581 — 82	
81	22 »		1|2 f.	587 — 88	
82	23 »	1 f.	1|2	593 à 98	
83	24 »	1 f.		603 à 6	
84	25 »	2 f.		611 à 18	
85	26 »	1 f.		623 à 26	
86	27 »	1 f.		631 à 34	
87	28 »		1|2 f.	639 — 40	

NUMÉROS du Moniteur.	DATES.	NOMBRE DES FEUILLES de SUPPLÉMENS.	PAGES des Supplémens ou LEUR TITRE.	OBSERVATIONS ET ERRATA.
306	2 Nov.	1/2 f.	2017 — 18	Imprimé f° 1017—1018.
307	3 Nov.	2 f.	2023 à 30	Imprimé f° 1023 à 1030.
308	4 »	1 f.	2035 à 38	
309	5 »	2 f. 1/2	2043 à 52	
310	6 »	1 f. 1/2	2057 à 62	
311	7 »	1/2 f.	2067 — 68	
312	8 »	1 f. 1/2	2075 à 78	
313	9 »	1 f.	2083 à 86	
314	10 »	1 f.	2091 à 94	
315	11 »	1 f. 1/2	2099 à 2104	
316	12 »	2 f.	2109 à 16	
317	13 »	1 f.	2121 à 24	
318	14 »	1/2 f.	2129 — 30	
319	15 »	1 f.	2135 à 38	
320	16 »	1 f. 1/2	2143 à 48	
321	17 »	1 f. 1/2	2153 à 58	
322	18 »	1 f.	2163 à 66	
323	19 »	1/2 f.	2171 — 72	
324	20 »	2 f.	2177 à 84	
326	22 »	1 f. 1/2	2195 à 98	
327	23 »	2 f.	2203 à 10	
328	24 »	1/2 f.	2215 — 16	
329	25 »	1 f. 1/2	2221 à 26	
330	26 »	1 f.	2231 à 34	
331	27 »	1 f.	2239 à 42	
333	29 »	1 f. 1/2	2251 à 56	
334	30 »	1 f. 1/2	2261 à 66	
335	1 Déc.	1 f.	2271 à 74	
336	2 »	2 f.	2279 à 86	
337	3 »	1 f.	2291 à 94	
338	4 »	1 f. 1/2	2299 à 2304	
340	6 »	1 f.	2313 à 16	
341	7 »	1 f. 1/2	2321 à 26	
342	8 »	1 f.	2331 à 34	
343	9 »	1 f. 1/2	2339 à 44	
344	10 »	1 f.	2349 à 52	
345	11 »	1 f. 1/2	2357 à 62	
346	12 »	1/2 f.	2367 — 68	
347	13 »	1 f. 1/2	2373 à 78	
348	14 »	1 f.	2383 à 86	
349	15 »	1 f. 1/2	2391 à 96	
350	16 »	1 f. 1/2	2401 à 6	
551	17 »	1 f. 1/2	2411 à 16	
352	18 »	1 f.	2421 à 24	
354	20 »	2 f.	2433 à 40	
355	21 »	1 f. 1/2	2445 à 50	
356	22 »	1 f.	2455 à 58	
357	23 »	3 f.	2403 à 6	Les 2e et 3e supplémens, f° 1 à 8.
358	24 »	5 f.	2471 à 78	Les 3e, 4e et 5e supplémens, f° 1 à 12.
359	25 »	2 f.	2483 à 90	
360	26 »	1 f.	2495 à 98	

NUMÉROS du Moniteur.	DATES.	NOMBRE DES FEUILLES de SUPPLÉMENS.		PAGES des Supplémens ou LEUR TITRE.	OBSERVATIONS ET ERRATA.
244	1 Sept.		1/2 f.	1495 — 96	
247	4 »	1 f.		1507 à 10	
248	5 »		1/2 f.	1515 — 16	
250	7 »	1 f.		1525 à 28	
254	11 »	1 f.	1/2	1545 à 50	
255	12 »		1/2 f.	1555 — 56	
256	13 »	1 f.		1561 à 64	
257	14 »	1 f.		1569 à 72	
258	15 »	1 f.	1/2	1577 à 82	
259	16 »	2 f.		1587 à 94	
260	17 »	2 f.		1599 à 1606	
261	18 »		1/2 f.	1611 — 12	
263	20 »	2 f.		1621 à 28	
264	21 »	1 f.	1/2	1633 à 38	
265	22 »	4 f.		1643 à 50	Les 3e et 4e supplémens, fo 1 à 8.
266	23 »	2 f.		1655 à 62	
267	24 »	1 f.		1667 à 70	
268	25 »	1 f.	1/2	1675 à 80	
270	27 »	1 f.		1689 à 92	
271	28 »		1/2 f.	1697 — 98	
272	29 »	1 f.		1703 à 6	
273	30 »		1/2 f.	1711 — 12	
274	1 Oct.	2 f.		1717 à 24	
275	2 »	1 f.	1/2	1729 à 34	
276	3 »	2 f.		1739 à 46	
277	4 »	2 f.		1751 à 58	
278	5 »	2 f.		1763 à 70	
279	6 »		1/2 f.	1775 — 76	
280	7 »	1 f.	1/2	1781 à 86	
281	8 »	2 f.		1791 à 98	
282	9 »		1/2 f.	1803 — 4	
284	11 »	2 f.		1813 à 20	
285	12 »	1 f.	1/2	1825 à 30	
286	13 »	1 f.	1/2	1835 à 40	
287	14 »	1 f.	1/2	1845 à 50	
288	15 »	3 f.	1/2	1855 à 68	
289	16 »	2 f.		1873 à 80	
291	18 »	1 f.		1889 à 92	
292	19 »		1/2 f.	1897 — 98	
293	20 »	1 f.	1/2	1905 à 8	
294	21 »	1 f.		1913 à 16	
295	22 »	2 f.		1921 à 28	
296	23 »	1 f.	1/2	1933 à 38	
297	24 »		1/2 f.	1945 — 44	
298	25 »	2 f.		1949 à 56	
299	26 »	2 f.		1961 à 68	
500	27 »	1 f.		1973 à 76	
301	28 »	1 f.		1981 à 84	
302	29 »		1/2 f.	1989 — 90	
303	30 »		1/2 f.	1995 — 96	
305	1 Nov.	2 f.		2005 à 12	Imprimé fo 1005 à 1012.

NUMÉROS du Moniteur.	DATES.	NOMBRE DES FEUILLES de SUPPLÉMENS.		PAGES des Supplémens ou LEUR TITRE.		OBSERVATIONS ET ERRATA.
45	14 »	2 f.	1/2	437	à 46	
46	15 »	1 f.	1/2	451	à 56	
47	16 »	2 f.		461	à 68	
48	17 »	2 f.		473	à 80	
49	18 »	1 f.	1/2	485	à 90	
50	19 »		1/2 f.	495	— 96	
51	20 »		1/2 f.	501	— 2	
52	21 »	3 f.		507	à 18	
53	22 »	3 f.	1/2	523	à 35	
54	23 »	1 f.		541	à 44	
55	24 »	1 f.	1/2	549	à 54	
56	25 »	2 f.		559	à 66	
57	26 »	1 f.		571	à 74	
59	28 »	1 f.	1/2	583	à 85	
60	29 »	2 f.	1/2	593	à 602	
61	1 Mars	3 f.		607	à 18	
62	2 »	1 f.	1/2	623	à 28	
63	3 »	4 f.		633	à 40	Les supplémens 3 et 4, f° 1 à 8.
64	4 »	1 f.		645	à 48	
66	6 »	3 f.	1/2	657	à 60	Les supplémens 2, 3 et 4, f° 1 à 10.
67	7 »	1 f.	1/2	665	à 70	
68	8 »	1 f.	1/2	675	à 80	
69	9 »	1 f.	1/2	685	à 90	
70	10 »	1 f.	1/2	695	à 700	
71	11 »	2 f.		705	à 12	
72	12 »	1 f.		717	à 20	
73	13 »	2 f.		725	à 32	
74	14 »	3 f.	1/2	737	à 44	Les supplémens 3 et 4, f° 1 à 6.
75	15 »	1 f.		749	à 52	
76	16 »	1 f.	1/2	757	à 62	
77	17 »	2 f.		767	à 74	
78	18 »	1 f.	1/2	779	à 84	
79	19 »	1 f.		789	à 92	
80	20 »	2 f.		797	à 804	
81	21 »	2 f.		809	à 16	
82	22 »	1 f.	1/2	821	à 26	
83	23 »	2 f.		831	à 38	
84	24 »	2 f.	1/2	843	à 52	
85	25 »	1 f.	1/2	857	à 62	
86	26 »	1 f.	1/2	867	à 72	
87	27 »	1 f.	1/2	877	à 82	
88	28 »	2 f.	1/2	887	à 96	
89	29 »	2 f.	1/2	901	à 10	
90	30 »	3 f.		915	à 26	
91	31 »	2 f.		931	à 38	
92	1 Avril	1 f.		943	à 46	
93	2		1/2 f.	951	— 52	
94	3 »	1 f.	1/2	957	à 62	
95	4 »	1 f.	1/2	967	à 72	
96	5 »	1 f.	1/2	977	à 82	

NUMÉROS du Moniteur.	DATES.	NOMBRE DES FEUILLES de SUPPLÉMENS.	PAGES des Supplémens ou LEUR TITRE.	OBSERVATIONS ET ERRATA.
97	6 Avril	1 f. 1/2	987 à 92	
98	7 »	1 f.	997 à 1000	
99	8 »	1 f. 1/2	1005 à 10	
100	9 »	1 f.	1015 à 18	
101	10 »	1 f. 1/2	1023 à 28	
102	11 »	3 f.	1033 à 44	
103	12 »	3 f. et 2 f. 1/2	1049 à 54	F°. 1 à 10.
104	13 »	1 f.	1059 à 62	
105	14 »	1 f.	1067 à 70	
108	17 »	1/2 f.	1083 — 84	
109	18 »	1/2 f.	1089 — 90	
110	19 »	1 f.	1095 à 98	
112	21 »	1/2 f.	1107 — 8	
124	3 Mai.	1/2 f.	1157 — 58	
167	15 Juin	1/2 f.	1331 — 32	
170	18 »	1/2 f.	1345 — 46	
171	19 »	1 f.	1351 à 54	
172	20 »	1/2 f.	1359 — 60	
180	28 »	1/2 f.	1393 — 94	
182	30 »	1/2 f.	1403 — 4	
185	3 Juil.			Imprimé n° 186.
195	13 »	1/2 f.	1457 — 58	
197	15 »	1/2 f.	1467 — 68	
292	18 Oct.	1/2 f.	1845 — 46	
295	21 »	1/2 f.	1859 — 60	
327	22 Nov.	1/2 f.	1989 — 90	
333	28 »	1/2 f.	2015 — 16	
334	29 »	2 f.	2021 à 28	
335	30 »	2 f.	2033 à 40.	Le 2° supplément est imprimé année 1830.
336	1 Déc.	2 f. 1/2	2045 à 54	
337	2 »	1 f. 1/2	2059 à 64	
338	3 »	2 f.	5 à 12	Les deux supplém. sont imprimés octobre.
339	4 »	1 f.	2069 à 72	
340	5 »	1 f. 1/2	2077 à 82	
343	8 »	1 f. 1/2	2095 à 100	
344	9 »	1/2 f.	2105 — 6	
346	11 »	1 f. 1/2	2115 à 20	
347	12 »	2 f.	2125 à 32	Le 2° supplément est imprimé mardi.
348	13 »	2 f.	2137 à 44	
349	14 »	1 f. 1/2	2149 à 54	
351	16 »	1/2 f.	2163 — 64	
353	18 »	1 f. 1/2	2173 à 78	
354	19 »	1/2 f.	2183 — 84	
356	21 »	1 f. 1/2	2193 à 98	
357	22 »	1 f.	2203 à 6	
358	23 »	1 f.	2211 à 14	
364	29 »	1/2 f.	2239 — 40	
365	30 »	1 f.	2245 à 48	

NUMÉROS du Moniteur.	DATES.	NOMBRE DES FEUILLES de SUPPLÉMENS.		PAGES des Supplémens ou LEUR TITRE.		OBSERVATIONS ET ERRATA.
45	14 »	2 f.	1/2	437	à 46	
46	15 »	1 f.	1/2	451	à 56	
47	16 »	2 f.		461	à 68	
48	17 »	2 f.		473	à 80	
49	18 »	1 f.	1/2	485	à 90	
50	19 »		1/2 f.	495	— 96	
51	20 »		1/2 f.	501	— 2	
52	21 »	3 f.		507	à 18	
53	22 »	3 f.	1/2	523	à 35	
54	23 »	1 f.		541	à 44	
55	24 »	1 f.	1/2	549	à 54	
56	25 »	2 f.		559	à 66	
57	26 »	1 f.		571	à 74	
59	28 »	1 f.	1/2	583	à 85	
60	29 »	2 f.	1/2	593	à 602	
61	1 Mars	3 f.		607	à 18	
62	2 »	1 f.	1/2	623	à 28	
63	3 »	4 f.		633	à 40	Les supplémens 3 et 4, f° 1 à 8.
64	4 »	1 f.		645	à 48	
66	6 »	3 f.	1/2	657	à 60	Les supplémens 2, 3 et 4, f° 1 à 10.
67	7 »	1 f.	1/2	665	à 70	
68	8 »	1 f.	1/2	675	à 80	
69	9 »	1 f.	1/2	685	à 90	
70	10 »	1 f.	1/2	695	à 700	
71	11 »	2 f.		705	à 12	
72	12 »	1 f.		717	à 20	
73	13 »	2 f.		725	à 32	
74	14 »	3 f.	1/2	737	à 44	Les supplémens 3 et 4, f° 1 à 6.
75	15 »	1 f.		749	à 52	
76	16 »	1 f.	1/2	757	à 62	
77	17 »	2 f.		767	à 74	
78	18 »	1 f.	1/2	779	à 84	
79	19 »	1 f.		789	à 92	
80	20 »	2 f.		797	à 804	
81	21 »	2 f.		809	à 16	
82	22 »	1 f.	1/2	821	à 26	
83	23 »	2 f.		831	à 38	
84	24 »	2 f.	1/2	843	à 52	
85	25 »	1 f.	1/2	857	à 62	
86	26 »	1 f.	1/2	867	à 72	
87	27 »	1 f.	1/2	877	à 82	
88	28 »	2 f.	1/2	887	à 96	
89	29 »	2 f.	1/2	901	à 10	
90	30 »	3 f.		915	à 26	
91	31 »	2 f.		931	à 38	
92	1 Avril	1 f.		943	à 46	
93	2 »		1/2 f.	951	— 52	
94	3 »	1 f.	1/2	957	à 62	
95	4 »	1 f.	1/2	967	à 72	
96	5 »	1 f.	1/2	977	à 82	

NUMÉROS du Moniteur.	DATES.	NOMBRE DES FEUILLES de SUPPLÉMENS.	PAGES des Supplémens ou LEUR TITRE.	OBSERVATIONS ET ERRATA.
97	6 Avril	1 f. 1/2	987 à 92	
98	7 »	1 f.	997 à 1000	
99	8 »	1 f. 1/2	1005 à 10	
100	9 »	1 f.	1015 à 18	
101	10 »	1 f. 1/2	1023 à 28	
102	11 »	3 f.	1033 à 44	
103	12 »	3 f. et 2 f. 1/2	1049 à 54	F° 1 à 10.
104	13 »	1 f.	1059 à 62	
105	14 »	1 f.	1067 à 70	
108	17 »	1/2 f.	1083 — 84	
109	18 »	1/2 f.	1089 — 90	
110	19 »	1 f.	1095 à 98	
112	21 »	1/2 f.	1107 — 8	
124	3 Mai	1/2 f.	1157 — 58	
167	15 Juin	1/2 f.	1331 — 32	
170	18 »	1/2 f.	1345 — 46	
171	19 »	1 f.	1351 à 54	
172	20 »	1/2 f.	1359 — 60	
180	28 »	1/2 f.	1393 — 94	
182	30 »	1/2 f.	1403 — 4	
185	3 Juil.			Imprimé n° 186.
195	13 »	1/2 f.	1457 — 58	
197	15 »	1/2 f.	1467 — 68	
292	18 Oct.	1/2 f.	1845 — 46	
295	21 »	1/2 f.	1859 — 60	
327	22 Nov.	1/2 f.	1989 — 90	
333	28 »	1/2 f.	2015 — 16	
334	29 »	2 f.	2021 à 28	
335	30 »	2 f.	2033 à 40	Le 2e supplément est imprimé année 1830.
336	1 Déc.	2 f. 1/2	2045 à 54	
337	2 »	1 f. 1/2	2059 à 64	
338	3 »	2 f.	5 à 12	Les deux supplém. sont imprimés octobre.
339	4 »	1 f.	2069 à 72	
340	5 »	1 f. 1/2	2077 à 82	
343	8 »	1 f. 1/2	2095 à 100	
344	9 »	1/2 f.	2105 — 6	
346	11 »	1 f. 1/2	2115 à 20	Le 2e supplément est imprimé mardi.
347	12 »	2 f.	2125 à 32	
348	13 »	2 f.	2137 à 44	
349	14 »	1 f. 1/2	2149 à 54	
351	16 »	1/2 f.	2163 — 64	
353	18 »	1 f. 1/2	2173 à 78	
354	19 »	1/2 f.	2183 — 84	
356	21 »	1 f. 1/2	2193 à 98	
357	22 »	1 f.	2203 à 6	
358	23 »	1 f.	2211 à 14	
364	29 »	1/2 f.	2239 — 40	
365	30 »	1 f.	2245 à 48	

NUMÉROS du Moniteur.	DATES.	NOMBRE DES FEUILLES de SUPPLÉMENS.	PAGES des Supplémens ou LEUR TITRE.	OBSERVATIONS ET ERRATA.
	ANNÉE **1833.**			
1	1 Janv.	1/2 f.	5 — 6	
3	3 »	1/2 f.	15 — 16	
6	6 »	2 f. 1/2	29 à 38	
7	7 »	1/2 f.	43 — 44	
8	8 »	1/2 f.	49 — 50	
10	10 »	1 f.	59 à 62	
11	11 »	1 f. 1/2	67 à 72	
12	12 »	1 f. 1/2	77 à 82	
13	13 »	1 f. 1/2	87 à 92	
15	15 »	2 f.	101 à 8	
16	16 »	2 f.	113 à 20	
17	17 »	1 f.	125 à 28	
18	18 »	2 f.	133 à 40	
19	19 »	1 f. 1/2	145 à 50	
20	20 »	2 f.	155 à 62	
22	22 »	1 f.	171 à 74	
23	23 »	1 f. 1/2	179 à 84	
24	24 »	1 f.	189 à 92	
25	25 »	1 f. 1/2	197 à 202	
26	26 »	1/2 f.	207 — 8	
27	27 »	1 f. 1/2	213 à 18	
29	29 »	1 f.	227 à 30	
30	30 »	1 f. 1/2	235 à 40	
31	31 »	1 f.	245 à 48	
32	1 Fév.	2 f.	253 à 60	
33	2 »	1 f.	265 à 68	
34	3 »	2 f. 1/2	273 à 82	
35	4 »	1/2 f.	287 — 88	
36	5 »	1 f.	295 à 96	
37	6 »	1 f.	301 à 4	
38	7 »	2 f. 1/2	309 à 18	
39	8 »	1 f.	323 à 26	
40	9 »	1 f.	331 à 34	
41	10 »	1 f.	339 à 42	
43	12 »	2 f.	351 à 58	
44	13 »	2 f. 1/2	363 à 72	
45	14 »	2 f.	377 à 84	
46	15 »	1 f.	389 à 92	
47	16 »	2 f. 1/2	397 à 406	
48	17 »	3 f.	411 à 22	
50	19 »	2 f. 1/2	429 à 38	Le 3e supplément est imprimé 1832.
51	20 »	1 f.	443 à 48	
52	21 »	1 f. 1/2	451 à 56	
53	22 »	2 f. 1/2	461 à 70	
54	23 »	3 f.	475 à 86	
55	24 »	4 f.	491 à 506	

NUMÉROS du Moniteur.	DATES.	NOMBRE DES FEUILLES de SUPPLÉMENS.	PAGES des Supplémens ou LEUR TITRE.	OBSERVATIONS ET ERRATA.
56	25 Fév.	1 f.	511 à 14	
57	26 »	2 f. 1/2	519 à 28	
58	27 »	3 f. 1/2	533 à 46	
59	28 »	2 f.	551 à 58	
60	1 Mars	1 f. 1/2	563 à 68	
61	2 »	2 f.	573 à 80	
62	3 »	1 f. 1/2	585 à 90	
63	4 »	1/2 f.	595 — 96	
64	5 »	2 f.	601 à 8	
65	6 »	1 f.	613 à 16	
66	7 »	3 f.	621 à 32	
67	8 »	1 f. 1/2	637 à 42	
68	9 »	1 f.	647 à 50	
69	10 »	2 f. 1/2	655 à 64	
71	12 »	6 f. 1/2	673 à 80	Les supplémens A à E, f° 1 à 18.
72	13 »	1 f. 1/2	685 à 90	
73	14 »	2 f.	695 à 702	
74	15 »	3 f.	707 à 18	
75	16 »	3 f.	723 à 34	
76	17 »	2 f.	739 à 46	
77	18 »	1/2 f.	751 — 52	
78	19 »	2 f.	757 à 64	
79	20 »	2 f. 1/2	769 à 78	
80	21 »	1 f. 1/2	783 à 88	
81	22 »	1 f. 1/2	793 à 98	
82	23 »	1 f. 1/2	803 à 8	
83	24 »	2 f.	813 à 20	
84	25 »	2 f.	825 à 32	
85	26 »	3 f. 1/2	837 à 50	
86	27 »	1 f.	855 à 58	
87	28 »	1 f.	863 à 66	
88	29 »	3 f.	871 à 82	
89	30 »	2 f.	887 à 94	
90	31 »	3 f.	899 à 910	
92	2 Avril	2 f. 1/2	917 à 26	
93	3 »	1 f.	931 à 34	
94	4 »	2 f. 1/2	939 à 48	
95	5 »	4 f.	953 à 68	
96	6 »	2 f.	973 à 80	
97	7 »	1 f.	985 à 88	
99	9 »	2 f. 1/2	993 à 1002	
100	10 »	1 f. 1/2	1007 à 12	
101	11 »	1 f.	1017 à 20	
102	12 »	2 f.	1025 à 32	
103	13 »	2 f.	1037 à 44	
104	14 »	1 f. 1/2	1049 à 54	
106	16 »	3 f.	1063 à 74	
107	17 »	1/2 f.	1079 — 80	
108	18 »	3 f.	1085 à 96	
109	19 »	2 f. 1/2	1101 à 10	

NUMÉROS du Moniteur.	DATES.	NOMBRE DES FEUILLES de SUPPLÉMENS.	PAGES des Supplémens ou LEUR TITRE.	OBSERVATIONS ET ERRATA.
110	20 Avril	2 f.	1115 à 22	
111	21 »	3 f.	1127 à 38	
113	23 »	3 f.	1147 à 58	
114	24 »	2 f.	1163 à 70	
115	25 »	1/2 f.	1175 — 76	
116	26 »	1 f.	1181 à 84	
119	29 »	1/2 f.	1197 — 98	
120	30 »	2 f.	1203 à 10	
121	1 Mai	1 f.	1215 à 18	
123	3 »	1 f. 1/2	1227 à 32	
124	4 »	2 f.	1237 à 44	
125	5 »	2 f. 1/2	1249 à 58	
127	7 »	1 f. 1/2	1267 à 72	
128	8 »	2 f. 1/2	1277 à 86	
129	9 »	2 f. 1/2	1291 à 1300	
130	10 »	2 f.	1305 à 12	
131	11 »	2 f.	1317 à 24	
132	12 »	2 f.	1329 à 36	
134	14 »	2 f. 1/2	1345 à 54	
135	15 »	1 f. 1/2	1359 à 64	
136	16 »	3 f. 1/2	1369 à 82	
138	18 »	1 f. 1/2	1391 à 96	
139	19 »	2 f. 1/2	1401 à 10	
141	21 »	3 f. 1/2	1419 à 32	
142	22 »	2 f. 1/2	1437 à 46	
143	23 »	1 f.	1451 à 54	
144	24 »	1/2 f.	1459 — 60	
145	25 »	3 f.	1465 à 76	
146	26 »	2 f.	1481 à 88	
147—148	27—28	2 f.	1493 à 1500	Une feuille pour les deux jours.
149	29 »	2 f. 1/2	1505 à 14	
150	30 »	1 f.	1519 à 22	
151	31 »	4 f.	1527 à 34	Les supplémens A et B, f° 1 à 8.
152	1 Juin	2 f.	1539 à 46	
153	2 »	1 f.	1551 à 54	
155	4 »	2 f.	1563 à 70	
156	5 »	2 f. 1/2	1575 à 84	
157	6 »	1 f.	1589 à 92	
158	7 »	2 f.	1597 à 1604	
159	8 »	1 f.	1609 à 12	
160	9 »	3 f. 1/2	1617 à 30	
161	10 »	1/2 f.	1635 — 36	
162	11 »	1 f. 1/2	1641 à 46	
163	12 »	2 f.	1651 à 58	
164	13 »	1 f. 1/2	1663 à 68	
165	14 »	1 f.	1673 à 76	
166	15 »	1 f. 1/2	1681 à 86	
167	16 »	2 f.	1691 à 98	
169	18 »	2 f.	1707 à 14	
170	19 »	1 f. 1/2	1719 à 24	

NUMÉROS du Moniteur.	DATES.	NOMBRE DES FEUILLES de SUPPLÉMENS.		PAGES des Supplémens ou LEUR TITRE.		OBSERVATIONS ET ERRATA.
171	20 Juin	1 f.		1729 à 32		
172	21 »		1/2 f.	1737 — 38		
173	22 »	1 f.		1743 à 46		
176	25 »		1/2 f.	1759 — 60		
246	3 Sept.		1/2 f.	2037 — 38		
306—307	2-3 Nov.					Une feuille pour les deux jours.
326	22 »		1/2 f.	2355 — 56		
336	2 Déc.		1/2 f.	2397 — 98		
347	13 »		1/2 f.	2443 — 44		
348	14 »		1/2 f.	2449 — 50		
360—361	26—27					Une feuille pour les deux jours.

ANNÉE 1834.

NUMÉROS du Moniteur.	DATES.	NOMBRE DES FEUILLES de SUPPLÉMENS.		PAGES des Supplémens ou LEUR TITRE.		OBSERVATIONS ET ERRATA.
3	3 Janv.	1 f.		13 à 16		
4	4 »	1 f.	1/2	21 à 26		
5	5 »	1 f.		31 à 34		
7	7 »	1 f.		43 à 46		
8	8 »	1 f.		51 à 54		
9	9 »	1 f.		59 à 62		
10	10 »		1/2 f.	67 — 68		
11	11 »	2 f.		73 à 80		
13	13 »		1/2 f.	89 — 90		
14	14 »	2 f.	1/2	95 à 104		
15	15 »	1 f.		109 à 12		
16	16 »		1/2 f.	117 — 18		
26	26 »	1 f.	1/2	159 à 66		
28	28 »	1 f.	1/2	173 à 78		
30	30 »	1 f.		187 à 90		
31	31 »		1/2 f.	195 — 96		
32	1 Fév.		1/2 f.	201 — 2		
35	4 »	1 f.	1/2	215 à 20		Le premier supplément porte f° 213.
36	5 »	2 f.	1/2	225 à 34		
37	6 »	1 f.		239 à 42		
38	7 »	1 f.	1/2	247 à 52		
39	8 »	1 f.		257 à 60		
40	9 »	1 f.	1/2	265 à 70		
42	11 »	3 f.	1/2	279 à 92		
43	12 »	1 f.		297 à 300		
44	13 »	1 f.	1/2	305 à 10		
45	14 »		1/2 f.	315 — 16		
46	15 »	2 f.		321 à 28		
47	16 »	2 f.		333 à 40		
49	18 »	1 f.		349 à 52		
50	19 »	2 f.		357 à 64		
51	20 »	1 f.		369 à 72		
52	21 »	2 f.		377 à 84		
53	22 »	1 f.		389 à 92		

NUMÉROS du Moniteur	DATES.	NOMBRE DES FEUILLES de SUPPLÉMENS.		PAGES des Supplémens ou LEUR TITRE.	OBSERVATIONS ET ERRATA.
54	23 Fév.	2 f.		397 à 404	
56	25 »		1/2 f.	413 — 14	
57	26 »	1 f.	1/2	419 à 24	
59	28 »	2 f.		433 à 40	
60	1 Mars	1 f.	1/2	445 à 50	
61	2 »	1 f.		455 à 58	
63	4 »	2 f.		467 à 74	
64	5 »	2 f.	1/2	479 à 88	
65	6 »	2 f.		493 à 500	
66	7 »	1 f.	1/2	505 à 10	
67	8 »	2 f.		515 à 22	
68	9 »	1 f.		527 à 30	
70	11 »	3 f.		539 à 50	
71	12 »	2 f.		555 à 62	
72	13 »	2 f.	1/2	567 à 76	
73	14 »	1 f.		581 à 84	
74	15 »		1/2 f.	589 — 90	
75	16 »	1 f.		595 à 98	
77	18 »		1/2 f.	607 — 8	
78	19 »	2 f.	1/2	613 à 22	
79	20 »	3 f.	1/2	627 à 40	Le premier supplément est imprimé 78.
80	21 »	3 f.		645 à 56	
81	22 »	2 f.		661 à 68	
82	23 »	2 f.		673 à 80	
83	24 »	2 f.	1/2	685 à 94	
84	25 »	1 f.		699 à 702	
85	26 »	1 f.		707 à 10	
86	27 »	1 f.		715 à 18	
87	28 »	2 f.		723 à 30	
88	29 »	1 f.	1/2	735 à 40	
89	30 »	1 f.		745 à 48	
90—91	31 » et 1 Avril	2 f.		753 à 60	Une feuille pour les deux jours.
92	2 »	1 f.	1/2	765 à 70	
93	3 »	1 f.	1/2	775 à 83	
94	4 »	1 f.		785 à 88	
95	5 »	1 f.	1/2	793 à 98	
96	6 »	2 f.		803 à 10	
98	8 »	1 f.		819 à 22	
99	9 »	3 f.	1/2	827 à 40	
100	10 »	3 f.	1/2	845 à 58	
101	11 »	3 f.		863 à 74	
102	12 »	3 f.		879 à 90	
103	13 »	2 f.	1/2	895 à 904	
105	15 »	1 f.		913 à 16	
106	16 »	2 f.	1/2	921 à 30	
107	17 »	2 f.		935 à 42	
108	18 »	1 f.	1/2	947 à 52	
109	19 »	1 f.	1/2	957 à 62	
110	20 »	2 f.	1/2	967 à 76	

NUMÉROS du Moniteur	DATES.	NOMBRE DES FEUILLES de SUPPLÉMENS.	PAGES des Supplémens ou LEUR TITRE.	OBSERVATIONS ET ERRATA.
111	21 Avril	1 f. 1/2	981 à 86	
112	22 »	2 f.	991 à 98	
113	23 »	1/2 f.	1003 — 4	
114	24 »	1 f. 1/2	1009 à 14	
115	25 »	6 f. et 2 1/2 f.	1019 à 28	Les supplémens A à E, f° 1 à 18.
116	26 »	2 f. 1/2	1033 à 42	
117	27 »	2 f.	1047 à 54	
119	29 »	5 f.	1061 à 68	AA à CC, f° 1 à 12.
120	30 »	3 f.	1073 à 84	
121	1 Mai	2 f.	1089 à 96	
122	2 »	2 f. 1/2	1101 à 10	
123	3 »	3 f.	1115 à 26	
124	4 »	1 f. 1/2	1131 à 36	
125	5 »	1 f.	1141 à 44	
126	6 »	1 f. 1/2	1149 à 54	
127	7 »	2 f.	1159 à 66	
128	8 »	2 f.	1171 à 78	
129	9 »	2 f.	1183 à 90	
130	10 »	1 f. 1/2	1195 à 1200	
131	11 »	1 f. 1/2	1205 à 10	
133	13 »	3 f.	1219 à 30	
134	14 »	2 f.	1235 à 42	
135	15 »	2 f.	1247 à 54	
136	16 »	1 f. 1/2	1259 à 64	
137	17 »	1 f. et 2 1/2 f.	1269 à 74	La deuxième demi-feuille, f° 1-2.
138	18 »	2 f. 1/2	1279 à 88	
139—140	19—20	2 f. 1/2	1293 à 1302	Une feuille pour les deux jours.
141	21 »	3 f. 1/2	1307 à 20	
142	22 »	1 f.	1325 à 28	
143	23 »	1/2 f.	1333 — 34	
144	24 »	1/2 f.	1339 — 40	
145	25 »	1 f.	1345 à 48	
163	12 Juin	1/2 f.	1421 — 22	
196	15 Juill.	1/2 f.	1555 — 56	
214	2 Août	1/2 f.	1627 — 28	
215	3 »	1 f.	1633 à 36	
217	5 »	1 f.	1645 à 48	
218	6 Août	1 f.	1653 à 56	
219	7 »	1 f.	1661 à 64	
220	8 »	1/2 f.	1669 — 70	
222	10 »	1 f.	1679 à 82	
224	12 »	1/2 f.	1691 — 92	
226	14 »	1 f.	1701 à 4	
227	15 »	1/2 1/2 f.	1709 — 10	
228—229	16—17			Une feuille pour les deux jours.
273	30 Sept			Imprimé mercredi au lieu de mardi.
306—307	2-3 Nov.	1 f.	2023 à 26	Une feuille pour les deux jours.
309	5 »	1/2 f.	2036 — 37	
323	19 »			Imprimé n° 322.
333	29 »	1/2 f.	2133 — 34	

NUMÉROS du Moniteur.	DATES.	NOMBRE DES FEUILLES de SUPPLÉMENS.		PAGES des Supplémens ou LEUR TITRE.		OBSERVATIONS ET ERRATA.
336	2 Déc.		1/2 f.	2147	— 48	
337	3 »	1 f.	1/2	2155	à 58	
338	4 »	1 f.		2163	à 66	
340	6 »	2 f.		2175	à 82	
341	7 »	1 f.	1/2	2187	à 92	
348	14 »	1 f.	1/2	2221	à 26	
351	17 »	2 f.		2239	à 46	
355	21 »	2 f.		2263	à 70	
359	25 »	1 f.		2287	à 90	
360—361	26—27 »	1 f.	1/2	2295 à 2500		Une feuille pour les deux jours.
362	28 »	2 f.		2305	à 12	
363	29 »	1 f.		2317	à 20	
364	30 »	1 f.	1/2	2325	à 30	
365	31 »	2 f.		2335	à 42	
	ANNÉE 1835.					
1	1 Janv.	2 f.		5	à 12	
3	3 »	1 f.	1/2	21	à 26	
4	4 »	1 f.		31	à 34	Le titre est imprimé 1834.
6	6 »	2 f.		43	à 50	
7	7 »	1 f.	1/2	55	à 60	
8	8 »	1 f.	1/2	65	à 70	
9	9 »	1 f.	1/2	75	à 80	
10	10 »	1 f.		85	à 88	
11	11 »	1 f.	1/2	93	à 98	
12	12 »					Imprimé année 1834.
15	15 »					Idem.
18	18 »	1 f.	1/2	127	à 32	
20	20 »	1 f.	1/2	141	à 46	
22	22 »	1 f.		155	à 58	
23	23 »	2 f.		163	à 70	
24	24 »	1 f.	1/2	175	à 80	
25	25 »		1/2 f.	185	— 86	
27	27 »	1 f.		195	à 98	
28	28 »	1 f.		203	à 6	
31	31 »	2 f.		219	à 26	
32	1 Fév.	2 f.		231	à 36	
34	3 »		1/2	245	— 46	
35	4 »		1/2 f.	251	— 52	
37	6 »	1 f.		261	à 64	Le supplément est imprimé mercredi.
39	8 »	1 f.	1/2	273	à 78	
41	10 »	2 f.	1/2	287	à 96	
42	11 »	1 f.	1/2	301	à 6	
43	12 »	1 f.		311	à 14	
44	13 »	1 f.	1/2	319	à 24	
45	14 »	2 f.		329	à 36	
46	15 »	1 f.	1/2	341	à 46	

NUMÉROS du Moniteur.	DATES.	NOMBRE DES FEUILLES de SUPPLÉMENS.	PAGES des Supplémens ou LEUR TITRE.	OBSERVATIONS ET ERRATA.
48	17 »	1 f.	355 à 58	
49	18 »	1 f.	363 à 66	
50	19 »	1 f.	371 à 74	
51	20 »	1/2 f.	379 — 80	
52	21 »	1 f.	385 à 88	
53	22 »	1/2 f.	393 — 94	
55	24 »	1 f. 1/2	403 à 8	
56	25 »	1 f. 1/2	413 à 18	
57	26 »	1 f.	423 à 26	
59	28 »	1 f.	435 à 38	
60	1 Mars	1 f.	443 à 46	
65	6 »	1/2 f.	467 — 68	
72	13 »	2 f.	497 à 504	
73	14 »	2 f.	509 à 16	
74	15 »	1 f. 1/2	521 à 26	
75	16 »	1/2 f.	531 — 32	Le supplément est imprimé 16 février.
76	17 »	1 f.	537 à 40	
77	18 »	1 f.	545 à 48	
78	19 »	1 f. 1/2	553 à 58	
79	20 »	3 f. 1/2	563 à 76	
80	21 »	1 f.	581 à 84	
81	22 »	1/2 f.	589 — 90	
83	24 »	2 f. 1/2	599 à 608	
84	25 »	1 f. 1/2	613 à 18	
85	26 »	2 f.	623 à 30	
86	27 »	3 f. 1/2	1 à 14	
87	28 »	2 f.	639 à 46	
88	29 »	3 f. 1/2	651 à 64	
89	30 »	1 f.	669 à 72	
90	31 »	3 f. 1/2	677 à 90	
91	1 Avril	2 f. 1/2	695 à 704	
92	2 »	1 f. 1/2	709 à 14	
93	3 »	4 f.	719 à 34	
94	4 »	2 f. 1/2	739 à 48	
95	5 »	1 f. 1/2	753 à 58	
96	6 »	1/2 f.	763 — 64	
97	7 »	1 f.	769 à 72	
98	8 »	2 f. 1/2	777 à 86	
99	9 »	1/2 f.	791 — 92	
100	10 »	1 f. 1/2	797 à 802	
101	11 »	2 f.	807 à 14	
102	12 »	2 f.	819 à 26	
104	14 »	1 f.	835 à 38	
105	15 »	3 f.	845 à 54	
106	16 »	2 f.	859 à 66	
107	17 »	2 f.	871 à 78	
108	18 »	1 f.	883 à 86	
109	19 »	1 f.	891 à 94	
110—111	20—21 »	2 f.	899 à 906	Une feuille pour les deux jours.
112	22 »	3 f.	911 à 22	

NUMÉROS du Moniteur.	DATES.	NOMBRE DES FEUILLES de SUPPLÉMENS.	PAGES des Supplémens ou LEUR TITRE.	OBSERVATIONS ET ERRATA.
113	23 Avril	3 f. 1/2	927 à 40	
114	24 »	1 f. 1/2	945 à 50	
115	25 »	2 f.	955 à 62	
116	26 »	1 f. 1/2	967 à 72	
118	28 »	2 f. 1/2	981 à 90	
119	29 »	2 f. 1/2	995 à 1004	
120	30 »	1 f.	1009 à 12	
121	1 Mai.	2 f.	1017 à 24	
123	3	1/2 f.	1033 — 34	
125	5 »	2 f. 1/2	1043 à 52	
126	6 »	2 f.	1057 à 64	
127	7 »	1 f. 1/2	1069 à 74	
128	8 »	2 f.	1079 à 86	
129	9 »	2 f.	1091 à 98	
130	10 »	2 f.	1103 à 10	
131	11 »	1/2 f.	1116 — 17	
132	12 »	3 f. 1/2	1121 à 34	
133	13 »	4 f.	1139 à 54	
134	14 »	3 f. 1/2	1159 à 72	
135	15 »	3 f.	1177 à 88	
136	16 »	2 f. 1/2	1193 à 1202	
137	17 »	1 f.	1207 — 10	
138	18 »	1/2 f.	1273 — 76	
139	19 »	2 f.	1221 à 28	
140	20 »	2 f.	1233 à 40	
141	21 »	2 f.	1245 à 52	
142	22 »	1 f. 1/2	1257 à 62	
143	23 »	2 f. 1/2	1267 à 76	
144	24 »	3 f.	1281 à 92	
146	26 »	1 f. 1/2	1299 à 1304	
147	27 »	1 f. 1/2	1309 à 14	
148	28 »	2 f. 1/2	1319 à 28	
149—150	29—30	5 f. 1/2	1333 à 42	Les supplémens A, B, C, f° 1 à 12. Une feuille de titre pour les deux jours.
151	31 »	3 f.	1347 à 58	
152	1 Juin	2 f.	1363 à 70	
153	2 »	5 f. 1/2	13-5 à 84	Les supplémens A, B, C, f° 1 à 12.
154	3 »	1 f. 1/2	1589 à 94	
155	4 »	2 f.	1599 à 1406	
156	5 »	2 f.	1411 à 18	
157	6 »	3 f.	1423 à 34	
158	7 »	3 f.	1439 à 50	
159—160	8—9	2 f. 1/2	1455 à 64	Une feuille pour les deux jours.
161	10 »	2 f. 1/2	1469 à 78	
162	11 »	3 f.	1487 à 94	
163	12 »	3 f.	1499 à 1510	
165	14 »	1 f.	1519 à 22	
167	15 »	1 f. 1/2	1551 à 36	
168	17 »	1/2 f.	1541 — 42	
169	18 »	1/2 f.	1547 — 48	

NUMÉROS du Moniteur.	DATES.	NOMBRE DES FEUILLES de SUPPLÉMENS.	PAGES des Supplémens ou LEUR TITRE.	OBSERVATIONS ET ERRATA.
170	19 Juin	1 f.	1553 à 58	
171	20 »	1 f.	1561 à 64	
172	21 »	1/2 f.	1569 — 70	
173	22 »	1/2 f.	1575 — 76	
174	23 »	1/2 f.	1581 — 82	
175	24 »	1/2 f.	1587 — 88	
179	28 »	1/2 f.	1605 — 6	
181	30 »	1/2 f.	1615 — 16	
182	1 Juil.	1 f. 1/2	1621 — 26	
183	2 »	1 f. 1/2	1631 à 36	
184	3 »	1 f.	1641 à 44	
185	4 »	2 f.	1649 à 56	
186	5 »	1 f.	1661 à 64	
189	8 »	1/2 f.	1677 — 78	
190	9 »	1/2 f.	1683 — 84	
192	11 »	1/2 f.	1693 — 94	
198	17 »	1 f. 1/2	1719 à 24	
199	18 »	1 f. 1/2	1729 à 34	
200	19 »	1/2 f.	1739 — 40	
203	22 »	1/2 f.	1753 — 54	
204	23 »	1/2 f.	1759 — 60	
206	25 »	1/2 f.	1769 — 70	
225	13 Août	1/2 f.	1847 — 48	
226	14 »	2 f.	1853 à 60	
227	15 »	1 f. 1/2	1865 à 70	
230	18 »	2 f. 1/2	1883 à 92	
231	19 »	2 f.	1897 à 1904	
232	20 »	1 f.	1909 à 12	
233	21 »	1 f. 1/2	1917 à 22	
234	22 »	1 f.	1927 à 30	
235	23 »	2 f.	1935 à 42	
237	25 »	1 f. 1/2	1951 à 56	
238	26 »	1 f. 1/2	1961 à 66	
239	27 »	4 f.	1971 à 86	
240	28 »	2 f. 1/2	1991 à 2000	
241	29 »	1 f. 1/2	2005 à 10	
242	30 »	2 f.	2015 à 22	
245	2 Sept.	1 f.	2035 à 38	
252	9 »	1 f. 1/2	2067 à 72	
253	10 »	1/2 f.	2077 — 78	
256	13 »	1 f.	2091 à 94	
306—307	2 5 Nov.			Une feuille pour les deux jours.
308	4 »	1/2 f.	2299 —3000	
335	1 Déc.	1/2 f.	2409 — 10	
338	4 »	1 f.	2423 à 26	
345	11 »	6 f.	2455 à 78	
349	15 »	1/2 f.	2495 — 96	
553	19 »	1/2 f.	2513 — 14	
554	20 »	1/2 f.	2519 — 20	
558	24 »	1/2 f.	2537 — 38	
560—561	26—27			Une feuille pour les deux jours.

NUMÉROS du Moniteur.	DATES.	NOMBRE DES FEUILLES de SUPPLÉMENS.		PAGES des Supplémens ou LEUR TITRE.		OBSERVATIONS ET ERRATA.
	ANNÉE **1836.**					
7	7 Janv.	1 f.		29	à 32	
12	12 »	2 f.		53	à 60	
13	13 »	1 f.		65	à 68	
14	14 »	1 f.	1/2	73	à 78	
15	15 »	1 f.	1/2	83	à 88	
19	19 »	1 f.	1/2	105	à 10	
20	20 »	3 f.	1/2	115	à 22	Les supplémens A—B, f° 1 à 6.
21	21 »	1 f.		127	à 30	
28	28 »		1/2 f.	159	— 60	
32	1 Fév.	1 f.		177	à 80	
33	2	2 f.		185	à 92	
34	3 »	1 f.		197	à 200	
35	4 »		1/2 f.	205	— 6	
36	5 »	2 f.		211	à 18	
37	6 »	2 f.		223	à 30	
38	7 »		1/2 f.	235	— 36	
39	8 »		1/2 f.	241	— 42	
42	11 »	1 f.		255	à 58	
43	12 »	1 f.		263	à 66	
44	13 »	1 f.		271	à 74	
45	14 »	2 f.		279	à 86	
51	20 »		1/2 f.	311	— 12	
55	24 »		1/2 f.	329	— 30	
56	25 »	1 f.		335	à 38	
57	26 »		1/2 f.	343	— 44	
58	27 »	1 f.		349	à 52	
59	28 »	1 f.	1/2	357	à 62	
61	1 Mars	1 f.		371	à 74	
62	2 »	1 f.	1/2	379	à 84	
63	3 »	1 f.		389	à 92	
64	4 »	1 f.		397	à 400	
65	5 »	1 f.		405	à 8	
66	6 »		1/2 f.	413	— 14	
68	8 »	1 f.		423	à 26	
69	9 »	1 f.		431	à 34	
70	10 »	1 f.		439	à 42	
71	11 »	1 f.		447	à 50	
72	12 »	1 f.		455	à 58	
73	13 »	1 f.	1/2	463	à 68	
75	15 »		1/2 f.	477	— 78	
80	20 »	1 f.		499	à 502	
82	22 »	1 f.	1/2	511	à 16	
83	23 »	1 f.	1/2	521	à 26	
84	24 »		1/2 f.	531	— 32	
85	25 »	1 f.		537	à 40	
86	26 »		1/2 f.	545	— 46	

NUMÉROS du Moniteur.	DATES.	NOMBRE DES FEUILLES de SUPPLÉMENS.		PAGES des Supplémens ou LEUR TITRE.	OBSERVATIONS ET ERRATA.
87	27 Mars	1 f.		551 à 54	
88	28 »		1/2 f.	559 — 60	
89	29 »	2 f.		565 à 72	
90	30 »	2 f.		577 à 84	
91	31 »	1 f.		589 à 92	
92	1 Avril		1/2 f.	597 — 98	
93	2 »		1/2 f.	603 — 4	
94	3 »	1 f.	1/2	609 à 14	
95—96	4—5	3 f.		619 à 30	Une feuille pour les deux jours.
97	6 »	3 f.		635 à 46	
98	7 »	2 f.		651 à 58	
99	8 »	1 f.		663 à 66	
100	9 »	2 f.		671 à 78	
101	10 »	1 f.		683 à 86	
102	11 »		1/2 f.	691 — 92	
103	12 »		1/2 f.	697 — 98	
104	13 »	1 f.	1/2	703 — 8	
105	14 »	4 f.	1/2	713 à 30	
106	15 »	3 f.	1/2	735 à 48	
107	16 »	2 f.	1/2	753 à 62	
108	17 »	2 f.	1/2	767 à 76	
110	19 »	4 f.		785 à 800	
111	20 »	2 f.	1/2	805 à 14	
112	21 »	2 f.		819 à 26	
113	22 »	2 f.		831 à 38	
114	23 »	2 f.		843 à 50	
115	24 »	1 f.	1/2	855 à 60	
116	25 » .		1/2 f.	865 — 66	
117	26 »	3 f.		871 à 82	
118	27 »	2 f.		887 à 91	
119	28 »	3 f.	1/2	899 à 912	
120	29 »	3 f.		917 à 28	
121	30 »	2 f.		933 à 40	
122	1 Mai	3 f.		945 à 56	
124	3 »	3 f.		965 à 76	
125	4 »	6 f.	1/2	981 à 90	Les supplémens A à D, f° 1 à 16.
126	5 »	1 f.		995 à 98	
127	6 »	2 f.	1/2	1003 à 12	
128	7 »	1 f.		1017 à 20	
129	8 »	1 f.	1/2	1025 à 30	
131	10 »	1 f.	1/2	1037 à 42	
132	11 »	3 f.		1047 à 58	
133	12 »	3 f.		1063 à 74	
134—135	13—14	1 f.	1/2	1079 à 84	Une feuille pour les deux jours.
136	15 »	3 f.	1/2	1089 à 1102	
138	17 »	1 f.	1/2	1111 à 16	
139	18 »		1/2 f.	1121 — 22	
140	19 »	5 f.	1/2	1127 à 36	Les supplémens A, B, C, f° 1 à 12.
141	20 »	2 f.	1/2	1141 à 50	
142	21 »	3 f.	1/2	1155 à 60	Les supplémens A, B, f° 1 à 8.

NUMÉROS du Moniteur.	DATES.	NOMBRE DES FEUILLES de SUPPLÉMENS.		PAGES des Supplémens ou LEUR TITRE.	OBSERVATIONS ET ERRATA.
143	22 Mai	1 f.		1165 à 68	
144—145	23—24	3 f.		1173 à 84	
146	25 »	1 f.	1/2	1189 à 94	
147	26 »	3 f.		1199 à 1210	
148	27 »	4 f.		1215 à 30	
149	28 »	1 f.	1/2	1235 à 40	
150	29 »	1 f.	1/2	1245 à 50	
152	31 »	2 f.		1259 à 66	
153	1 Juin	3 f.		1271 à 82	
154	2 »	1 f.		1287 à 90	
155	3 »	1 f.		1295 à 98	
156	4 »	3 f.		1303 à 14	
157	5 »	1 f.		1319 à 22	
159	7 »	1 f.	1/2	1331 à 36	
160	8 »	3 f.	1/2	1341 à 54	
161	9 »	1 f.	1/2	1359 à 64	
162	10 »	3 f.	1/2	1369 à 82	
163	11 »	4 f.		1387 à 1402	
164	12 »	1 f.	1/2	1407 à 11	
166	14 »	3 f.		1421 à 32	
167	15 »	2 f.	1/2	1437 à 46	
168	16 »	2 f.		1451 à 58	
169	17 »	2 f.	1/2	1463 à 72	
170	18 »	5 f.	1/2	1477 à 80	Les supplémens A à E, f⁰ 1 à 18.
174	22 »	1 f.		1497 à 1500	
178	26 »		1/2 f.	1517 — 18	
181	29 »		1/2 f.	1531 — 32	
182	30 »		1/2 f.	1537 — 38	
183	1 Juill.		1/2 f.	1543 — 44	
187	5 »	1 f.	1/2	1561 à 66	
188	6 »	1 f.	1/2	1571 à 76	
189	7 »	2 f.		1581 à 88	
191	9 »	1 f.		1597 à 1600	
192	10 »		1/2 f.	1605 — 6	
195	13 »	1 f.		1 à 4	
224	11 Août		1/2 f.	1731 — 32	
347	12 Déc.		1/2 f.	2219 — 20	
161—162	26—27				Une feuille pour les deux jours.

ANNÉE
1837.

5	5 Janv.	1 f.	1/2	21 à 26	
6	6 »	1 f.		31 à 34	
7	7 »	1 f.		39 à 42	
10	10 »	1 f.	1/2	55 à 60	
11	11 »	1 f.		65 à 68	
13	13 »	2 f.		77 à 84	
14	14 »	1 f.	1/2	89 à 94	

NUMÉROS du Moniteur	DATES.	NOMBRE DES FEUILLES de SUPPLÉMENS.		PAGES des Supplémens ou LEUR TITRE.		OBSERVATIONS ET ERRATA.
15	15 Janv.	2 f.		99	à 106	
17	17 »	1 f.	1/2	115	à 20	
18	18 »	1 f.	1/2	125	à 30	
19	19 »	1 f.		135	à 38	
20	20 »	1 f.		143	à 46	
26	26 »	1 f.		171	à 74	
27	27 »	1 f.	1/2	179	à 84	
28	28 »	1 f.		189	à 92	
29	29 »	2 f.		197	à 204	
31	31 »	1 f.		213	à 16	
33	2 Fév.	1 f.		225	à 28	
34	3 »	1 f.		233	à 36	
35	4 »		1/2 f.	241	— 42	
37	6 »		1/2 f.	251	— 52	
38	7 »	1 f.	1/2	257	à 62	
39	8 »		1/2 f.	267	— 68	
40	9 »	1 f.		273	à 76	
41	10 »	1 f.		281	à 84	
42	11 »	1 f.		289	à 92	
43	12 »	1 f.		297	à 300	
47	16 »	1 f.		317	à 20	
50	19 »	1 f.		333	à 36	
52	21 »	1 f.	1/2	345	à 50	
53	22 »	2 f.		355	à 62	
54	23 »		1/2 f.	367	— 68	
55	24 »	1 f.	1/2	373	à 78	
56	25 »	1 f.	1/2	383	à 88	
57	26 »	1 f.		393	à 96	
59	28 »	2 f.	1/2	405	à 14	
60	1 Mars	2 f.	1/2	419	à 28	
61	2 »	1 f.	1/2	435	à 38	
62	3 »	2 f.		443	à 50	
63	4 »	2 f.		455	à 62	
64	5 »	2 f.		467	à 74	
65	6 »	1 f.		479	à 82	
66	7 »	1 f.	1/2	487	à 92	
67	8 »		1/2 f.	497	— 98	
68	9 »	4 f.		503	à 18	
69	10 »	2 f.	1/2	523	à 32	
70	11 »	1 f.	1/2	537	à 42	
71	12 »	2 f.		549	à 54	
73	14 »	1 f.	1/2	563	à 68	
74	15 »	2 f.	1/2	573	à 82	
75	16 »	1 f.	1/2	587	à 92	
76	17 »	1 f.		597	à 600	
77	18 »	1 f.		605	à 8	
78	19 »		1/2 f.	613	— 14	
79	20 »	1 f.		619	à 22	
80	21 »	1 f.	1/2	627	à 32	
81	22 »	2 f.	1/2	637	à 46	

NUMÉROS du Moniteur.	DATES.	NOMBRE DES FEUILLES de SUPPLÉMENS.	PAGES des Supplémens ou LEUR TITRE.	OBSERVATIONS ET ERRATA.
82	23 »	1 f. 1/2	651 à 56	
83	24 »	2 f. 1/2	661 à 70	
84	25 »	2 f. 1/2	6-5 à 84	
85	26 »	1 f. 1/2	689 à 94	
87	28 »	3 f.	701 à 12	
88	29 »	9 f. 1/2	717 à 22	Les supplémens A à H, f° 1 à 32.
89	30 »	1 f. 1/2	727 à 32	
90	31 »	2 f.	737 à 44	
91	1 Avril	2 f. 1/2	749 à 58	
92	2 »	2 f. 1/2	763 à 72	
93	3 »	1/2 f.	777 — 78	
94	4 »	1 f.	783 à 86	Le supplément est imprimé 4 mars.
95	5 »	1/2 f.	791 — 92	
96	6 »	1 f.	797 à 800	
97	7 »	1 f. 1/2	805 à 10	
98	8 »	4 f.	815 à 30	
99	9 »	1/2 f.	835 — 36	
101	11 »	3 f.	845 à 56	
102	12 »	1 f. 1/2	861 à 66	
103	13 »	2 f.	871 à 78	
104	14 »	2 f.	883 à 90	
105	15 »	2 f. 1/2	895 à 904	
106	16 »	1 f.	909 à 12	
108	18 »	1/2 f.	921 — 22	
109	19 »	1 f.	927 à 30	
110	20 »	2 f.	935 à 42	
111	21 »	1 f.	947 à 50	
112	22 »	2 f.	955 à 62	
113	23 »	2 f.	967 à 74	
114	24 »	1 f.	979 à 82	
115	25 »	3 f. 1/2	987 à 1000	Les supplémens sont imprimés n° 125.
116	26 »	2 f.	1005 à 12	
117	27 »	1 f.	1017 à 20	
118	28 »	2 f.	1025 à 32	
119	29 »	2 f. 1/2	1037 à 46	
120	30 »	2 f. 1/2	1051 à 60	
123	3 Mai	1 f. 1/2	1073 à 78	
124	4 »	1 f. 1/2	1083 à 88	
125—126	5—6	1 f. 1/2	1093 à 98	
127	7 »	1 f. 1/2	1103 à 8	
129	9 »	6 f.	1117 à 28	Supplémens A, B, C, f° 1 à 12.
130	10 »	2 f.	1133 à 40	
131	11 »	2 f.	1145 à 52	
132	12 »	2 f.	1157 à 64	
133	13 »	2 f. 1/2	1169 à 77	
134	14 »	1 f.	1183 à 86	
135—136	15—16	5 f.	1191 à 98	Les supplémens A, B, C, f° 1 à 12. Une feuille de titre pour les deux jours.
137	17 »	2 f. 1/2	1203 à 12	
138	18 »	2 f. 1/2	1217 à 26	

NUMÉROS du Moniteur.	DATES.	NOMBRE DES FEUILLES de SUPPLÉMENS.		PAGES des Supplémens ou LEUR TITRE.	OBSERVATIONS ET ERRATA.
139	19 »	2 f.		1231 à 38	
140	20 »	2 f.	1/2	1243 à 52	
141	21 »	3 f.		1257 à 68	
143	23 »	2 f.	1/2	1277 à 86	
144	24 »	3 f.		1291 à 1302	
145	25 »	5 f.	1/2	1307 à 12	Supplémens A à D, f° 1 à 16.
146	26 »	1 f.		1317 à 20	
147	27 »	2 f.	1/2	1325 à 34	
148	28 »	3 f.	1/2	1329 à 52	
150	30 »	1 f.		1361 à 64	
151	31 »				Imprimé n° 135.
152	1 Juin	1 f.		1373 à 76	
153	2 »	2 f.	1/2	1381 à 90	
154	3 »	2 f.	1/2	1395 à 1404	
155	4 »	1 f.	1/2	1409 à 14	
156	5 »		1/2 f.	1419 — 20	
157	6 »	2 f.		1425 à 32	
158	7 »	2 f.		1437 à 44	
159	8 »	2 f.	1/2	1449 à 58	
160	9 »	2 f.		1463 à 70	
161	10 »	2 f.	1/2	1473 à 84	
164	13 »	2 f.		1497 à 1504	
165	14 »	2 f.	1/2	1509 à 18	
166	15 »	1 f.	1/2	1523 à 28	
167	16 »	1 f.	1/2	1533 à 38	
168	17 »	3 f.	1/2	1543 à 56	
169	18 »	2 f.		1561 à 68	
171	20 »	3 f.	1/2	1577 à 89	
172	21 »	3 f.		1595 à 1606	
173	22 »	3 f.	1/2	1611 à 24	
174	23 »	3 f.	1/2	1629 à 42	
175	24 »	3 f.	1/2	1647 à 60	
176	25 »	3 f.		1665 à 76	
177	26 »	1 f.		1681 à 84	
178	27 »	2 f.	1/2	1689 à 8	
179	28 »	1 f.	1/2	1703 à 10	
180	29 »	2 f.		1713 à 20	
181	30 »	4 f.		1725 à 40	
182	1 Juill.	2 f.		1745 à 52	
183	2 »	5 f. et 2	1/2 f.	1757 à 62	Les supplémens A à E, f° 1 à 18.
185	4 »	2 f.		1771 à 78	
189	8 »	1 f.		1795 à 98	
191	11 »	4 f.		1811 à 26	
193	12 »		1/2 f.	1831 — 32	
194	13 »		1/2 f.	1837 — 38	
196	15 »		1/2 f.	1847 — 48	
200	19 »		1/2 f.	1865 — 66	
204	23 »		1/2 f.	1885 — 86	
224	12 Août		1/2 f.	1961 — 62	
229	17 »		1/2 f.	1981 — 82	

NUMÉROS du Moniteur.	DATES.	NOMBRE DES FEUILLES de SUPPLÉMENS.	PAGES des Supplémens ou LEUR TITRE.	OBSERVATIONS ET ERRATA.
231	19 Août	1/2 f.	1991 — 92	
240	28 »	1/2 f.	2029 — 30	
276	3 Oct.	1/2 f.	2175 — 76	
302	29 »	1 f.	2281 à 84	
309	5 Nov.	1/2 f.	2313 — 14	
328	24 »	1/2 f.	2391 — 92	
349	15 Déc.			Imprimé 13 Décembre.
353	19 »	1/2 f.	2495 — 96	
354	20 »	1/2 f.	2501 — 2	
355	21 »	1 f.	2507 à 10	
356	22 »	1 f.	2515 à 18	
357	23 »	1 f.	2523 à 28	
358	24 »	1 f.	2531 à 34	
360—361	26—27	1/2 f.	2543 — 44	Une feuille pour les deux jours.
363	29 »	1 f.	2553 à 56	
	ANNÉE **1838.**			
4	4 Janv.	1 f.	17 à 20	
5	5 »	1 f.	25 à 28	
6	6 »	1/2 f.	33 — 34	
9	9 »	2 f.	47 à 54	
10	10 »	1 f. 1/2	59 à 64	
11	11 »	1 f.	69 à 72	
12	12 »	1 f. 1/2	77 à 82	
13	13 »	1/2 f.	87 — 88	
14	14 »	1 f.	93 à 96	
16	16 »	2 f.	105 à 12	
17	17 »	1 f. 1/2	117 à 22	
20	20 »	1/2 f.	135 — 36	
26	26 »	1/2 f.	161 — 62	
28	28 »	1 f.	171 à 74	
29	29 »	1/2 f.	179 — 80	
34	3 Fév.	1/2 f.	201 — 2	
35	4 »	1 f.	207 à 10	
36	5 »	1/2 f.	215 — 16	
37	6 »	2 f.	221 à 28	
38	7 »	1 f.	233 à 36	
39	8 »	1 f. 1/2	241 à 46	
40	9 »	2 f.	251 à 58	
41	10 »	2 f. 1/2	263 à 72	
42	11 »	2 f.	277 à 84	
44	13 »	1 f. 1/2	293 à 98	
45	14 »	1 f.	303 à 6	
47	16 »	6 f.	315 à 22	Les supplémens A à D, fo 1 à 16.
48	17 »	1/2 f.	327 — 28	
49	18 »	2 f. 1/2	333 à 41	
51	20 »	2 f. 1/2	351 à 60	

NUMÉROS du Moniteur.	DATES.	NOMBRE DES FEUILLES de SUPPLÉMENS.		PAGES des Supplémens ou LEUR TITRE.		OBSERVATIONS ET ERRATA.
53	22 Fév.	2 f.	1/2	369	à 77	
54	23 »	3 f.		383	à 94	
55	24 »	1 f.		399	à 402	
56	25 »	1 f.		407	à 10	
58	27 »	3 f.		419	à 30	
59	28 »	2 f.		435	à 42	
60	1 Mars	1 f.		447	à 50	
61	2 »	1 f.		455	à 58	
62	3 »	1 f.	1/2	463	à 68	
63	4 »	1 f.		473	à 76	
65	6 »	2 f.		485	à 92	
66	7 »	1 f.	1/2	497	à 502	
67	8 »	3 f.		507	à 18	
68	9 »	2 f.		523	à 30	
69	10 »	2 f.		535	à 42	
70	11 »	2 f.		547	à 54	
72	13 »	2 f.		563	à 70	
73	14 »	1 f.		575	à 78	
74	15 »	1 f.	1/2	583	à 88	
75	16 »	1 f.	1/2	593	à 98	
76	17 »	1 f.		603	à 6	
77	18 »	1 f.		611	à 14	
79	20 »		1/2 f.	623	— 24	
80	21 »	2 f.		629	à 36	Le deuxième supplément est imprimé dans quelques exemplaires premier supplém.
81	22 »	3 f.		641	à 52	
82	23 »	2 f.		657	à 64	
83	24 »		1/2 f.	669	— 70	Imprimé 23 au lieu de 24.
84	25 »	2 f.	1/2	675	à 84	
86	27 »	1 f.		693	à 96	
87	28 »	1 f.	1/2	701	à 6	
88	29 »	3 f.		711	à 22	
89	30 »	2 f.	1/2	727	à 36	
90	31 »	2 f.		741	à 48	
91	1 Avril	1 f.		753	à 56	
92	2 »		1/2 f.	761	— 62	
93	3 »	3 f.	1/2	767	à 80	
94	4 »	3 f.		785	à 96	
95	5 »	2 f.		801	à 8	
96	6 »		1/2 f.	813	— 14	
97	7 »	3 f.		819	à 30	
98	8 »	3 f.		835	à 46	
99	9 »	1 f.		851	à 54	
100	10 »	2 f.		859	à 66	
101	11 »	2 f.		871	à 78	
102	12 »	1 f.		883	à 86	
103	13 »	1 f.		891	à 94	
104	14 »	1 f.		899	à 902	
105	15 »	2 f.		907	à 14	
106—107	16—17	3 f.		919	à 30	Une feuille pour les deux jours.

NUMÉROS du Moniteur.	DATES.	NOMBRE DES FEUILLES de SUPPLÉMENS.		PAGES des Supplémens ou LEUR TITRE.		OBSERVATIONS ET ERRATA.
108	18 Avril	2 f.	1/2	935 à	44	
109	19 »	1 f.	1/2	949 à	54	
110	20 »	1 f.	1/2	959 à	64	
111	21 »	1 f.	1/2	969 à	74	
112	22 »	2 f.	1/2	979 à	88	
114	24 »	3 f.		997 à 1008		
115	25 »	2 f.	1/2	1013 à	22	
116	26 »	6 f.		1027 à	34	Les supplémens A à D, f° 1 à 16.
117	27 »	2 f.		1039 à	46	
118	28 »	2 f.		1051 à	58	Le 2° supplém. est impr. n° 114, 24 avril.
119	29 »	3 f.		1063 à	74	
121	1 Mai	1 f.		1083 à	86	
123	3 »	3 f.		1095 à 1106		
124	4 »	2 f.	1/2	1111 à	20	
125	5 »	1 f.	1/2	1125 à	30	
126	6 »	3 f.		1135 à	46	
128	8 »	3 f.		1155 à	66	
129	9 »	3 f.		1171 à	82	
130	10 »	2 f.		1187 à	94	
131	11 »	2 f.	1/2	1199 à 1208		
132	12 »	6 f.	1/2	1213 à	20	Les supplémens A à E, f° 1 à 18.
133	13 »	2 f.	1/2	1125 à	34	
134	14 »	1 f.		1259 à	42	
135	15 »	2 f.	1/2	1247 à	56	
136	16 »	2 f.		1261 à	68	
137	17 »	2 f.	1/2	1273 à	82	
138	18 »	1 f.	1/2	1287 à	92	
139	19 »	3 f.		1297 à 1308		
140	20 »	4 f.	1/2	1313 à	30	
141	21 »	1 f.		1335 à	38	
142	22 »	5 f.		1343 à	62	Le 4° supplément est imprimé 5° dans quelques exemplaires.
143	23 »	3 f.		1367 à	78	
144	24 »	2 f.		1383 à	90	
146	26 »	3 f.		1399 à 1410		
147	27 »	2 f.		1415 à	20	
148	28 »	3 f.		1427 à	38	
149	29 »	2 f.		1443 à	50	
150	30 »	1 f.	1/2	1455 à	60	
151	31 »	2 f.		1465 à	72	
152	1 Juin	3 f.		1477 à	88	
153	2 »	4 f.		1493 à 1508		
154	3 »	4 f.		1513 à	28	
155—156	4—5 »	3 f.		1533 à	44	Une feuille pour les deux jours.
157	6 »	2 f.		1549 à	52	
158	7 »	2 f.		1561 à	68	
159	8 »	2 f.	1/2	1573 à	82	Le 2° supplément est imprimé 3 juin.
160	9 »	4 f.		1587 à 1602		
161	10 »	3 f.		1607 à	18	
163	12 »	3 f.		1625 à	36	

NUMÉROS du Moniteur.	DATES.	NOMBRE DES FEUILLES de SUPPLÉMENS.		PAGES des Supplémens ou LEUR TITRE.	OBSERVATIONS ET ERRATA.
164	13 Juin	3 f.	1/2	1641 à 54	
165	14 »	3 f.		1659 à 70	
166	15 »	3 f.	1/2	1675 à 88	
167	16 »	3 f.	1/2	1693 à 1706	
168	17 »	8 f.	1/2	1711 à 26	Les supplémens A à E, f° 1 à 18.
169	18 »	6 f.		1731 à 34	Les supplémens A à E, f° 1 à 20.
170	19 »	3 f.	1/2	1739 à 52	
171	20 »	3 f.		1757 à 68	Plusieurs exemplaires du deuxième supplément portent les pages 1758 et 1759, qui appartiennent au premier supplément.
172	21 »	3 f.	1/2	1775 à 86	
173	22 »	3 f.		1791 à 1802	
174	23 »	2 f.		1807 à 14	
175	24 »	1 f.		1819 à 22	
177	26 »		1/2 f.	1831 — 32	
179	28 »	1 f.		1841 à 44	
182	1 Juil.	1 f.		1857 à 60	
184	3 »	1 f.		1869 à 72	
185	4 »	1 f.		1877 à 82	
186	5 »	1 f.		1885 à 88	
187	6 »	1 f.		1893 à 96	
188	7 »	2 f.	1/2	1901 à 10	
191	10 »	1 f.		1923 à 26	
201	20 »		1/2 f.	1967 — 68	
211—212	30—31				Une feuille pour les deux jours.
213	1 Avril		1/2 f.	40/3 — 54	
218-219	16-17				Idem
232	20				Supp¹ dans quelques n¹ Dimanche pour lundi
236	24	1 f.		4103 à 106	
239	27	1 f.		4119 à 22	
241	2 7bre		1/2 f.	4147 — 48	
246	2		1/4 f.	2157 — 54	
248			1/2 f.	2162 — 64	
293	24 8bre		1/2 f.	224 — 46	
306-307	2-3 9bre				Une feuille pour les 2 jours.
310	6		1/2 f.	2411 — 12	
315	11		1/2 f.	2433 — 34	
343	9 X^bre		1/2 f.	2547 — 48	
355	21	1 f.		2597 à 600	
361	24		1/2 f.	2613 — 14	Le Supp¹ et Supp² 256. dans quelques ex¹
360-361	26-27	1 f.	1/2	2621 à 28	une feuille pour les deux jours
362	28	1 f.	1/2	2633 à 38	

11

NUMÉROS du Moniteur.	DATES.	NOMBRE DES FEUILLES de SUPPLÉMENS.	PAGES des Supplémens ou LEUR TITRE.	OBSERVATIONS ET ERRATA.

NUMÉROS du. Moniteur.	DATES.	NOMBRE DES FEUILLES 'de SUPPLÉMENS.	PAGES des Supplémens ou LEUR TITRE.	OBSERVATIONS ET ERRATA.

NUMÉROS du Moniteur	DATES.	NOMBRE DES FEUILLES de SUPPLÉMENS.	PAGES des Supplémens ou LEUR TITRE.	OBSERVATIONS ET ERRATA.

NUMÉROS du Moniteur.	DATES.	NOMBRE DES FEUILLES de SUPPLÉMENS.	PAGES des Supplémens ou LEUR TITRE.	OBSERVATIONS ET ERRATA.

NUMÉROS du Moniteur.	DATES.	NOMBRE DES FEUILLES de SUPPLÉMENS.	PAGES des Supplémens ou LEUR TITRE.	OBSERVATIONS ET ERRATA.

NUMÉROS du Moniteur.	DATES.	NOMBRE DES FEUILLES de SUPPLÉMENS.	PAGES des Supplémens ou LEUR TITRE.	OBSERVATIONS ET ERRATA.

NUMÉROS du Moniteur.	DATES.	NOMBRE DES FEUILLES de SUPPLÉMENS.	PAGES des Supplémens ou LEUR TITRE.	OBSERVATIONS ET ERRATA.

NUMÉROS du Moniteur.	DATES.	NOMBRE DES FEUILLES du SUPPLÉMENS.	PAGES des Supplémens ou LEUR TITRE.	OBSERVATIONS ET ERRATA.

NUMÉROS du Moniteur.	DATES.	NOMBRE DES FEUILLES de SUPPLÉMENS.	PAGES des Supplémens ou LEUR TITRE.	OBSERVATIONS ET ERRATA.

NUMÉRO du Moniteur.	DATES.	NOMBRE DES FEUILLES de SUPPLÉMENS.	PAGES des Supplémens ou LEUR TITRE.	OBSERVATIONS ET ERRATA.

NUMÉROS du Moniteur	DATES.	NOMBRE DES FEUILLES de SUPPLÉMENS.	PAGES des Supplémens ou LEUR TITRE.	OBSERVATIONS ET ERRATA.

NUMÉROS du Moniteur.	DATES.	NOMBRE DES FEUILLES de SUPPLÉMENS.	PAGES des Supplémens ou LEUR TITRE.	OBSERVATIONS ET ERRATA.

NUMÉROS du Moniteur.	DATES.	NOMBRE DES FEUILLES de SUPPLÉMENS.	PAGES des Supplémens ou LEUR TITRE.	OBSERVATIONS ET ERRATA.

NUMÉROS du Moniteur.	DATES.	NOMBRE DES FEUILLES de SUPPLÉMENS.	PAGES des Supplémens ou LEUR TITRE.	OBSERVATIONS ET ERRATA.

NUMÉROS du Moniteur.	DATES.	NOMBRE DES FEUILLES de SUPPLÉMENS.	PAGES des Supplémens ou LEUR TITRE.	OBSERVATIONS ET ERRATA.